失せ物屋お百

廣嶋玲子

ポプラ文庫

失せ物屋《うせものや》お百《おひゃく》

廣嶋玲子

プロローグ

木枯らしが吹きまくる秋の夜更け、よろよろと、琵琶丸《びわまる》は這うように進んでいた。

弱っていた。冷たい風に翻弄され、今にも枯れ葉のように舞い上げられてしまいそうだ。息をするのも苦しくて、足下がおぼつかない。

だが、足を止めることはできなかった。

琵琶丸は後ろを振り返った。

いる。

背後から、黒々としたもの達が迫ってきていた。

雑鬼《ざつき》だ。弱った獲物の気配を嗅ぎつけ、ざわざわと喜ばしげについてきている。

さっき見た時よりも、数もずっと増えている。

引き離したい。追いつかれたくない。

怯え、泣きそうになりながら、琵琶丸は必死に足を動かした。だが、体は鈍くなる一方だ。

ついに琵琶丸は力尽きた。

たちまち、雑鬼が押し寄せてきた。我先に生気をすすりあげようと、体に群がってくる。だが、それを払いのける力さえ残っていなかった。

助けて……。

視界がぼやけていく中、そう願うしかなかった。

と、声なき声を聞きつけたように、がらりと、戸を開ける音がした。

「騒がしいと思ったら……。なんだい、これ？　犬、じゃなさそうだけど。……ここで死なれると、後始末が面倒だね。しょうがないねえ」

その女の言葉はいかにもそっけなかった。だが、声にきつさや冷たさはなかった。

「ほら、おまえ達、とっとと散りな。このお百《ひゃく》様の家の前で群れるんじゃないよ」

ぱんと、いい音がした。身が震えるような、清い響きに満ちた柏手《かしわで》の音だ。

その瞬間、体にたかっていた雑鬼が一瞬で払われるのを、琵琶丸は感じた。
誰？　助けてくれたのは誰？
必死に顔をあげようとしたところで、琵琶丸は本当に気を失ってしまった。

一

「まったく。とんだものを拾っちまったもんだ」

毒づきながら、お百は茶碗酒をあおった。これで三杯目だが、薄い安酒では、酔いはまったくやってこない。ただ、喉と胃の腑《ふ》がひりひりと熱くなっていくだけだ。

気に入らないことだ。寒い夜中に目覚めてしまったことも気に入らない。なにより気に入らないのは、家の中に余計なものを入れてしまったということだ。

招かれざる客を、お百はじろっと睨みつけた。

それは、一匹の狸であった。まだほんの子供なのだろう。小ぶりの瓜《うり》ほどの大きさしかない。

不穏な気配を感じて外を見れば、これが雑鬼にたかられているのを見つけたのだ。雑鬼はすぐに追い払ったが、子狸は起きあがることもできなかった。

そのままにしておけば、また雑鬼どもが戻ってきて、今度こそ餌食にするだろう。やつらは死にかけた生き物、弱った生き物の生気を食らうのが大好きなのだから。

だから、お百はしぶしぶ子狸を家の中に連れこんだのだ。寝床にできるようなものが見当たらなかったので、とりあえずぼろ布を鍋にしいて、その中に入れ、火鉢のそばに置いてやった。

それからしばらく経つが、子狸はいっこうに目覚める気配がない。

このまま死んでくれるなよと、お百はさらに火鉢《ひばち》に炭を足した。ぱっと、小さな火の粉が散り、薄暗い部屋の中を一瞬だけ赤く照らした。

どこにでもあるような狭い長屋部屋。天井も床も染みだらけ。しっくいの壁は薄く、そこら中に瓦版《かわらばん》や浮世絵を貼りつけてあるのは、ひび割れから滑りこんでくる隙間風を食い止めるためだ。

それに加えて、この部屋はどうにもわびしかった。あるものといったら、敷きっぱなしの布団に小さな火鉢、それにこれまた小さな簞笥《たんす》と鏡台。おまけに、掃除はまったくされておらず、ほこりが積もった床のあちこちに、空となった徳利《とっくり》が転がっている。

齢《よわい》二十八という年増の、しかも堅気《かたぎ》暮らしとは到底言えぬ独り身女にはぴったりの住まいだと、やさぐれた心地でお百は思う。

実際、男物の大きな半纏《はんてん》をぞろりと着こみ、片膝を立てて酒をあおるこの女を、堅気だと思う者はいないだろう。顔立ちはなかなかいいのだが、いかにも鉄火《てっか》そうな表情ときつい目つき、ずけずけとした伝法《でんぽう》な物言いを好もしいと思ってくれる相手は少ない。

何より目を引くのは、その左目に黒い眼帯をつけているところだ。これが一種の異様な迫力と、人をひるませるものをかもしだしている。

誰にも懐かぬ野良猫を思わせる女、それがお百であった。

見た目だけでなく、性根のほうも相当なものだった。強突《ごうつ》く張りで、金と酒が大好きで、人に心を許さない。

その自分が情け心を出して、子狸を拾ってしまうとは。

苦虫を嚙みつぶしたような顔をしながら、お百は鍋の中でぐったりしている子狸をのぞきこんだ。

「狸だなんて、いったいどこの山からこのお江戸に迷いこんできたんだか。さっさと目覚めて、どこにでも行っちまってほしいもんだ。……朝までに起きなかったら、このまま煮こんで、狸汁にしてやるからね」

だが、脅し文句を言っても、子狸に聞こえている様子はない。ただ、弱々しく腹のところが上下している。

まだ生きていることを確かめながら、お百はさらに子狸をながめまわした。少し痩せていて、毛並みは悪いが、しっぽはぽってりとしている。たぶん、雄だろう。毛の色は濃い茶で、ほとんど黒に近い。

「ふん。焦茶丸《こげちゃまる》って名前がぴったりの子だね」

思わずつぶやいたあとのことだ。

ふいに、子狸が光を放った。焦茶の体がほんのりと青い光に包まれ、そのまま泡のように浮かび上がる。

くるくると回りながら、子狸はしだいに大きく、姿形を変えていった。手足がすんなりと伸びていき、毛は肌に吸いこまれるように薄れ、かわりに頭の辺りだけがもしゃもしゃと長くなる。

そうして、子狸は十歳ほどの子供の姿となって、床の上にそっと降り立ったのだ。焦茶色の着物を着た、浅黒い肌の男の子だ。顔つきも体つきも少しぽっちゃりしていて、狸だった頃のおもかげがある。なにより、尻にはしっぽがそのまま残っていた。

「なっ……」

まったく予期していなかっただけに、お百は驚いていた。だが、驚きの次にこみあげてきたのは、恐怖ではなく、悔しさだった。

自分は通常の人間よりもはるかに目が利く質《たち》だというのに。この子狸が異質のものであることを見抜けず、家の中に連れこんでしまうとは、なんという不覚か。

歯嚙みしながら、護身用の小刀を引き抜き、身がまえた。

その気配を感じ取ったのか、子供がゆっくり目を開いた。

ぱっちりとつぶらな目と、お百の刺すようなまなざしとがからみあった。

ぱちぱちっと、まばたきをしたあと、子供はお百に向かって両手を差し伸べ、

「ぬ、主様《ぬしさま》!」と叫んだ。

これまた思いがけない言葉に、お百はまたしても目をしばたたかせた。

主様? 主様だって?

ようやく用心深く言い返した。

「……あんたの主になった覚えはないんだがね」

「ち、違う。その目! その目、主様のです!」

はっきりと左目を指さされ、お百ははっとして身を引いた。思わず手で左目をかばった。

「……あんた、これがわかるのかい?」

「わかります! もちろんです! その気配、主様のです! ああ、こんなところにあったんですね!」

一人ではしゃいで笑顔になる子供に、お百はますます得体の知れないものを感

じた。眼帯で隠してある左目のことを一瞬で見抜いてくる相手など、これまでにいなかった。いったい、何者なのだろう？

「あんた、なんなんだい？　名前は？」

「焦茶丸！」

元気よく答えたあとで、子供は目を丸くして自分の口元を押さえた。

「え？　え、あ、違う。なんでこんな……琵琶丸なのに。な、なんで焦茶丸だなんて言っちゃったんだろ？」

「焦茶丸って、さっきあたしが言った名前じゃないか」

「えっ！　お、おいらのこと、そう呼んじゃったんですか？」

世にも情けない顔をされ、お百は頭が痛くなってきた。そう言えば、子供は嫌いなのだ。何かというと泣くし、うるさいし、騒いで物を壊すし。甲高い声も、くるくると変わる表情も好きではない。

不機嫌もあらわに、お百は言った。

「ああ、呼んだよ。だって、ただの狸だと思ってたからね。焦茶だから、焦茶丸って名前がぴったりの子だねって。それがそんなに悪いってのかい？」

「わ、悪いっていうか、いやっていうか……わあ、やだなあ。琵琶丸のほうが響きがきれいでいいのに。よりにもよって、焦茶丸だなんて」

「ちょいと、あんた。一人でぶつぶつ何をつぶやいてんだい？　こっちには全然わからないんだ。説明くらいしとくれよ」

「あ、は、はい。あの、たぶん名前が上塗りされちゃったんです」

「上塗りぃ？」

「はい。おいらはもともと琵琶丸って名前だったんですけど、今は焦茶丸になっちゃったみたいです。おばさんがそう呼んだから」

ごんっ！

お百の手が蛇のように伸び、焦茶丸の頭をしたたかに小突いた。いきなりのことに、焦茶丸は丸い目をさらに丸くした。

「な、な、何するんですか！」

「二度とあたしを、おばさんだなんて、言うんじゃないよ。不愉快だ」

「口で言えばいいでしょ！　小突かなくたっていいでしょ！　こっちはそっちの名前を知らないんだから！」

「あたしゃお百って名前だよ！」

嚙みつくようにお百は名乗った。

「そんなことより、名前の上塗りのことだ。そんなことって、あるもんなのかい？」

「おば……お百さんが主様の鱗《うろこ》を持ってるから、ありえると思います」

「主様の鱗って、なんの話だい？」

だからそれですよと、焦茶丸は真面目な顔で、眼帯で隠されたお百の左目を指さした。

「その目の中にあるんです。はっきりと感じるんです。隠してたって、わかるもの」

「……主様ってのは誰なんだい？」

「山神です。おいらの住んでるお山を統べるお方で、青霧彦《あおきりひこ》様という男神様です。

すごく立派な方なんですが、一つだけ欠点があって……」

「神に欠点？」

「はい。すごく浮気者なんです」

お百はがくりときた。何を言うかと思えば、浮気者とは。

だが、焦茶丸の表情は真剣そのものだった。

「青霧彦様がこれまた男前なものだから、あちこちの女神や姫神のほうも放っておかないんですよね。で、よせばいいのに、ほいほいと誘いの手に乗って、あちこちで浮名を流すんです。でも、問題は……青霧彦様にはきちんと奥方がいらっしゃるってことです」

「ふうん。そりゃ修羅場だ」

「そうなんです！　お二人の夫婦喧嘩はそれはもう激しくて！　と言っても、一方的に青霧彦様がとっちめられるだけなんですけどね。とにかく、割って入るのもなだめるのも一苦労なんです」

そして三十年ほど前、またしても夫の浮気を嗅ぎつけた女神は、またしても激怒した。今度こそこらしめてやると息巻いた女神は、逢瀬を楽しむ夫の閨へと忍びこみ、脱ぎ捨ててあった鱗衣《うろこごろも》から百枚近い鱗をむしりとった。そればかりか、その鱗を、人界のあちこちへとばらまいたのだという。

神妙な顔をしながら、焦茶丸は言葉を続けた。

「鱗衣は、主様にとって本当に大事なものです。それをまとわなければ、本来のお姿、青き大蛇にはなれませんから。でも、あちこち鱗が欠けた姿に変化《へんげ》すれば、それこそみっともなくて、物笑いの種になってしまいます。おかげで、この三十年、大事な行事や正月の時にも、主様は姿をお見せにならないんです」

「それはそれで……女々しいね」

「そう言わないでください。もう奥方にも嫌というほどしぼられて、おかわいそうなんですから」

山の洞《ほら》にこもった山神は、ばらまかれた鱗を探すよう、家来達に命じた。だが、山のもの達は人の多い場所ではうまく目が見えず、鼻も利かなくなってしまう。

そんなこんなで、いまだに二十枚以上の鱗が行方不明のままなのだという。

「主様の機嫌は悪くなる一方で……とうとう下っ端のおいらまで駆り出されることになっちまったんです。でも、やっぱり人界の空気は合わなくて……弱って死にそうになって、気づいたらここにいたんです」

「で、あたしの左目が主様とやらの鱗だと？」

「間違いないです。これだけ近くにいれば、ちゃんとわかります。主様と同じ気配がしますから」

きっぱり言い切る焦茶丸。その食い入るようなまなざしに負けて、お百は眼帯をはずした。

現われた左目の瞳は、真夏の空よりも青かった。

水色よりも深く、藍色よりも華やかで、紺碧《こんぺき》よりも鮮やかな青。

薄暗い部屋の中でも、くっきりと浮き上がり、冴え冴えとした光すら放っている。

この目を見た者はみな、身震いするか、ぎょっとしたように顔をひきつらせるのが常だ。

だが、焦茶丸は違った。嬉しげに手を叩いたのだ。

「ああ！　ああ、やっぱり！　主様のだ！　主様と同じ色です！　よかった！　見つけられて、よかった！」

ぶんぶんと、しっぽを振りながら無邪気に喜ぶ焦茶丸。その顔を見るうちに、お百の胸にふつふつとこみあげてくるものがあった。気づいた時には、口を開いていた。

「……生まれてきたあたしを見て、親達は腰を抜かしたそうだ。片方だけとはいえ、こんな青い目の子が生まれるなんて、なんかの祟りじゃないかと思ったそうだよ」

「たぶん、ばらまかれた鱗の一枚が、お百さんのお母さんのおなかに吸いこまれたんでしょう。で、お百さんの目に宿ったんだと思います」

「……じゃ、もともとはあたしの両目は黒かったってことかい？」

「はい」

「そうかい……」

お百はなんともいえない笑みを浮かべた。

「この目はただ青いってだけじゃなかった。物心つくにつれ、あたしは人には見えないものを見るようになった。門口にたたずむ影や、人の背中から立ちのぼる炎のようなものとかをね」

「それも主様の力ですよ。鱗に宿った神力が、お百さんにも伝わっているんでしょう。とにかく、これでわかったでしょう? それは主様のものなんです。返してください。あ、大丈夫。痛くはしませんし、目玉を取ったりもしませんから。ただ、中にある鱗だけを取り出させてください。いいですね?」

いそいそと近づいてこようとする焦茶丸の前で、お百はどーんと足を踏み鳴らした。

「ひゃっ! な、なんですか?」

「……誰が返すって言った?」

地獄の底から響くような声を、お百は喉から絞り出した。怒りで目の前が真っ赤に染まって見えた。

「あんたにはわかんないだろうね。人とは違う青い目を持った子供、人には見えないものが見える子供が、どんな風に扱われるか」

「え？　え、え？」

「この目！　こいつのせいで、あたしがどれほどひどい目にあってきたことか。親には気味悪がられ、化け物とののしられ、終いにゃ廓《くるわ》に叩き売られた。死にかけたことだって何度もある。でも、生まれつきだと思っていたから耐えてこられたんだ！　なのに、なんだい！　く、くだらない夫婦喧嘩のせいだったって言うのかい？　ふざけんじゃないよ！」

「お、お、おいらに怒らないでください！　おいらのせいじゃないです！」

「うっさい！　あんたも同類だ！　だいたい、来るのが遅すぎる！　なんで二十九年前にあたしを見つけてくれなかったんだ！　せめて、二十年、いや、十五年前に見つけてくれれば、あたしだって喜んで返したってのに！」

「そんなこと言われても……」

「ああもう！　腹立つ！　許せないよ、まったく！　あれもそれもこれも！　全部全部、夫婦喧嘩のせいだったなんて！　ああ、だめだ！　頭が痛くなってきた！」

ぐいぐいと、お百は酒をあおりだした。その荒々しい飲み方に何かを感じたのだろう。焦茶丸はしばらく何も言わなかった。

だが、お百が徳利を空にしたあと、焦茶丸は恐る恐る切り出してきた。

「あの……ど、どうしたら返してくれますか？」

「そうだね。……そこの床板を剝がしてみな」

焦茶丸は言われるままに、一枚だけ緩んでいる床板を持ちあげた。その下には大きな木箱があった。

「箱？」

「千両箱だよ。小判が千枚入る。……この箱が小判でいっぱいになれば、女一人、一生困らず、働かずに生きていけるだろうさ」

「なるほど。つまり、お金がほしいんですね？　そ、それじゃ、お金になるものを持ってきます。そうですね。お山で採れる砂金で、この箱をいっぱいにしてあげます。ちょっと待っててください」

急いで外に出ようとする焦茶丸のしっぽを、お百はぐいっと捕まえた。

「ちょいと待ちな。話はまだ途中だ。第一、あんたから金をもらったって、なんの意味もない。そんなんじゃ、あたしの気は納まらない」

「え？　じゃ、じゃあ、二箱分の砂金を持ってきます」

「そういうことじゃないんだよ」

お百はじっとりとした目で焦茶丸をねめつけた。

「いいかい？　さっきも言ったが、あたしは異質な目の持ち主ってことで、これまでさんざんな目にあってきたんだ。だが、やっと、こいつの使い道がわかってきてね。今、あたしはこの目を使って商売をしてる。そのおかげで食っていけている。……ようやくこいつに償ってもらっているってわけだ」

「それって、つまり……」

「この目で千両稼ぐまでは、絶対に鱗は返さない。そういうことだよ」

「そんな……千両箱には今、いくらあるんですか？」

「十二両」

「うわぁ……」

顔を歪ませる焦茶丸を、お百はふふんと鼻で笑った。

「そういうこった。わかったら、もう帰りな。あたしが千両貯めこむ頃に、また来るといい」

「そういうわけには……ねえ、もうちょっと話しあいませんか?」

「うるさいね。あたしはもう寝たいんだよ。あんたもとっとと山に帰って寝な」

眼帯を元どおりにつけ、お百はふっと、行灯《あんどん》の火を吹き消した。

二

「ぎゃっ！」

小さな甲高い悲鳴に、お百ははっと目を覚ました。

起きてみれば、すぐ横に子供がひっくり返っていた。狸の尾を持ち、焦茶色の着物を着た小太りの子だ。

お百はたちまち昨夜のことを思い出し、ぼりぼりと頭をかいた。

「おまえね、まだここにいたのかい？　それに、朝っぱらから、なんて声をあげるのさ」

「きゅ、きゅぅぅ……」

焦茶丸はうめくばかりで、仰向けになったままだ。どうやら体が痺れて動けないらしい。

ははあっと、お百は意地の悪い笑みを浮かべた。

「さては、眼帯に触ったんだね？　あたしが寝てる隙に、鱗を盗もうと思ったんだろう？　馬鹿だね。この眼帯には、まじないがたっぷり詰まっている。拝み屋に頼んでこしらえてもらったものだからね」

「にゃ、にゃんで、そ、そんな、もの……」

「そりゃ用心のためさ。この目をほしがるやつが、けっこういたからね」

闇や影に潜むモノどもは、たいていがこちらをじっとりと見ているだけだ。だが、中には近づいてくるものもいる。良からぬ気配をぷんぷんさせながら、「きれいだ。ほしい」と、お百の左目を抜き取ろうと狙ってくるのだ。

「起きてる間は、あたしもそういうのを近づけない。でも、寝てる間に目玉をほじくられたら、たまったもんじゃないからね。それを防ぐために、この眼帯を作らせたのさ。けっこうな代金をふんだくられたけど、ま、それだけの価値はあったね」

「……むぅ」

恨めしげな顔をしながら起きあがる焦茶丸を、お百はからかうような目で見た。

「馬鹿なこと考えないで、とっとと山に帰りな。昨日も言ったとおり、あたしはこの目の力で千両稼ぐまでは、絶対に返さないからね」

「で、でも、嫌な目にあってきたって、言ってましたよね？　鱗を返してくれれば、変なものは見えなくなりますよ？　色だって、右目と同じ黒になりますよ？　普通に戻りたくないんですか？」

まくしたてられ、お百は苦笑した。

「十年前ならともかく、いまさら普通の姿にもまっとうな暮らしにも憧れないよ。今のあたしは化け物として知られてて、その化け物としての力を求められているんだ。ここに流れ着くまで、ずいぶんかかった。……とにかく千両だ。それがあたしが自分に定めたことなんだ」

「……頑固なんですね」

「ふん。柔《やわ》だったら、とっくに死んでいたからね。わかったら、ほら、出てお行きよ」

いいえと、焦茶丸の顔がきりりと引き締まった。その場に正座するなり、焦茶丸はまっすぐお百を見つめた。

「お百さんの心はよくわかりました。だから、おいらも心を決めました。千両貯まるまで、おいら、お百さんのそばにいます」

「何言い出すんだい！」

さすがにお百はあきれた。

「冗談じゃないよ。山神の家来だか手下だか知らないが、あんた、狸の化け物だろ？　そんなのにそばにいられちゃ、こっちが落ちつかない。だいたい、居候を養ってやれるほど、懐が温かいわけでもない。あんた、自分の食い扶持は自分で稼げるとでも言うのかい？」

「それは……できません」

「ほらごらん」

「でも、お役には立てます。掃除や洗濯をします。だいたい、この部屋、汚すぎやしませんか？」

「う、うるさいね。家事は苦手なんだよ」

「だから、おいらがそれを引き受けます。ごはんだって作りますから」

「へえ」

今度こそ、お百は目を丸くした。

「じゃ、なんか作ってみておくれよ」

「いいですけど、さすがに何もなくっちゃ、料理だってできませんよ。お米、ないんですか？　味噌は？」

「……あたしゃほとんど飯は作らないんでね。そら、これやるから」

やりとりするのが面倒くさくなってきたお百は、投げやりに懐の財布を焦茶丸に渡した。

「表長屋のほうに、米屋や八百屋があるから、好きなもの買ってくればいい。それで何かこしらえとくれ。あ、外に出る時は、そのしっぽは隠すんだよ？　それくらいはできるんだろうね？」

「できますよ、もちろん。……おいらがお百さんの口に合うものを作れたら、おいらをここに置いてくれますか？」

「口に合えばね。まあ、考えてやってもいい」

口ではそう言ったお百だが、もちろん、置いてやるつもりはさらさらなかった。見た目は愛嬌がある子供だが、焦茶丸は正真正銘の物《もの》の怪《け》の類いなのだ。そんな居候はごめんだ。だいたい、誰かを養ってやるというのも腹立たしい。

いっそ、財布の金を持って逃げてくれればいいと、お百は思った。金は惜しいが、それで厄介払いができるなら儲けものだ。

お百が自分を追い出す口実を考えているとも知らず、焦茶丸はしっぽをちょいちょいと見えなくし、元気よく外に飛び出していった。そして戻ってきた時には、両腕に持ちきれないほどの野菜や卵や米袋を抱えていた。だが、その顔はふくれていた。

「ひどいですよ、お百さん。お財布の中、空っぽじゃないですか！」

「そうだったかい？　でも、それにしちゃ大量に買いこんできたじゃないか。なんだい？　葉っぱを小判にでも変えたかい？」

「そんなことしません！　お店の前で困っていたら、おかみさん達が出てきたんです。で、おいらがお百さんのところで世話になってる者だと言ったら、いきなり色々と物をくれだしたんです。つけにしとくから、早くこれを持って、帰っておくれって」

「ふん。化け物長屋のもんに長々店先にいられちゃ、野菜も魚も腐るって思ってるんだろうさ。まあ、もらえてよかったじゃないか」

「それはそうですけど……なんだかなぁ」

納得がいかない顔をしつつ、焦茶丸はてきぱきと動きだした。備え付けのへっついで火を起こし、飯を炊き、器用に野菜を刻みだす。

しばらくすると、味噌汁のいい匂いが漂いだした。

その匂いに、お百は胃袋がざわざわした。考えてみたら、この部屋に越してから味噌汁をこしらえたことはない。飯を最後に炊いたのも、いつだったか思い出せないほどだ。

食事はいつも近くの煮売り屋や飯屋で軽くすませ、ここでは酒ばかり食らっていた。だから、すっかり忘れていた。部屋の中に満ちる料理の匂いが、こんなにも温かく濃厚なものであったということを。

くつくつという鍋の音に、お百はしばし聞き入った。もしかしたら少しまどろんでいたのかもしれない。

名を呼ばれて目を開ければ、顔にすすをつけた焦茶丸がこちらをのぞきこんでいた。

「うわ、なんだい?」

「ごはん、できました。食べてみてください」

指し示された先を見て、お百は絶句した。きれいにふかれた床の上には、炊きたての白い飯、湯気が立つ大根の味噌汁、ふっくらとした卵焼き、それにぷりっと焼かれためざしが四匹も並べられていたのだ。

立派な朝餉《あさげ》に、お百は目を白黒させてしまった。

「……どこでこんな料理、覚えたんだい?」

「へへ。おいら、お山では飯炊き役だったんです。煮るのも焼くのもお手のもんですよ。ささ、冷めないうちに食べてみてください。あ、おいらも腹が減ったので、ご相伴《しょうばん》に与《あずか》ります」

自分の分の飯と味噌汁をどんぶりによそい、焦茶丸はぱくぱくと食べだした。

旺盛《おうせい》な食欲を見せつけられ、お百もついに箸を手に取った。

まずは飯を食べてみた。うまかった。炊き加減も絶妙で、口の中で米の甘みが躍るかのようだ。

続いて味噌汁をすすってみたが、これまたうまい。濃すぎず薄すぎず、具の大根とよく合っている。

一番驚いたのは、卵焼きであった。甘くて、上等の布団のように柔らかくて、一切れ二切れと、箸が止まらなくなってしまう。

気づいた時には、自分の前にあったものをきれいに平らげてしまっていた。

はっとして顔をあげれば、にんまりしている焦茶丸と目が合った。勝ち誇ったその顔が、実に癪《しゃく》に障った。

「どうですか？　おいら、ここに置いてもらえますよね？」

お百が答えようとした時だった。

「お百、仕事だぜ」

外から野太い声が聞こえてきたかと思うと、戸口が少しだけ開き、小さなものが投げ入れられた。

きゃっと、焦茶丸は身をすくめたが、お百は動じた様子も見せずに土間におり、投げ入れられたものを拾った。

それは折りたたまれ、結ばれた文だった。

戸口の外を確かめようともせず、お百は結び目を解いて、中身を読んだ。読み終わった時には、その顔には笑みが浮かんでいた。

「悪いが、あんたと遊んでられなくなった」

「えっ?」

「出てくるよ。呼ばれたんだ。仕事だよ」

「なら、おいらも一緒に行きます」

「冗談じゃない」

お百はぴしゃりと言った。

「あんたを連れて、お客と会うだなんて。あんたの正体が知れてごらんよ。あたしゃそれこそお終いだ」

「絶対にばれないようにします。それに、だめと言っても、ついていきますから。おいらはとにかく、主様の鱗から目を離さないって、決めたんです」

「こいつ！　ほんとに狸汁にしてやるよ！」

「なんと脅されたって、おいら、負けません！」

しばらく押し問答が続いたものの、折れたのはお百のほうだった。

「くそ。約束の時刻に遅れちまう。ああ、わかったわかった。それじゃ、付き人ってことで、ついてきな。ただし、そのしっぽはきっちり隠して、正体がばれないようにすること。それから、余計な口は絶対に挟むんじゃないよ？　いいね？」

「はい！　おいら、口がきけないふりをしてます」

「それがいい。ああ、なんだってこんなことに……」

手早く化粧をし、髪のほつれを直したあと、お百は女物の頭巾をすっぽりとかぶった。そうすると、目元が隠れて、眼帯も見えにくくなる。

見ていた焦茶丸が感心したように言った。

「お百さんも変化をするんですね」

「変化じゃない。出かけるための身なりってもんだよ。さ、行くよ。ぐずぐずして客を逃がすわけにゃいかないからね」

焦茶丸を連れ、お百は部屋の外に出た。周囲は同じような汚い長屋が密集しているが、不思議と静まり返っている。まるで誰もいないかのようだ。

お百は長屋と長屋の間の通路を足早に歩きだした。そのあとをついていきながら、焦茶丸が思い出したように口を開いた。

「ところで、お百さんの仕事って、なんですか？」

「失せ物屋だよ」

「失せ物屋？　失せ物を探す人ってことですか？」

「そう。落とした財布やいなくなった亭主、どこにあるのかわからなくなった品。そういうものを見つけるのがあたしの仕事さ。でも、時には因果なものを見つけてほしいという依頼もある」

「因果？」

「しっかり褌《ふんどし》をしめておきな。あたしの勘じゃ、今日の仕事はそっちだよ」

そう言って、お百はにやりとした。


四半刻後、お百と焦茶丸は目的の家にたどりついた。

それは瀟洒《しようしや》な一軒家で、小金持ちの隠居が住むような佇まいだ。小さいが、さりげなく品がいい。周囲には同じような家々が少しあるだけで、ぎっちりみっしりと詰め合っている長屋とは大違いだ。町の雑踏からも少し離れているため、小鳥の鳴き声がよく聞こえる。

お百は、表口からは入らず、裏口に回った。

「ごめんくださいよ。失せ物屋という者ですが、誰かいますかえ？」

声をかけると、すぐに戸が開かれ、太った中年の女が現われた。その目つきも顔つきも、人が良さそうとは言いがたかった。

「ああ、あんたがそうですか。じゃ、こっちへ。ほら、早く」

誰にも見られたくないと言わんばかりに、女はお百と焦茶丸を中に引っぱりこんだ。

女はおちかと名乗ったあと、じろじろとお百をながめまわした。

「ふうん。思ったより若いじゃないの。なんでも見つけてくれるっていう話だけど、本当？　嘘だったら、お金は払いませんからね」

ずけずけとした物言いをするおちかに、お百はぶっきらぼうに返した。

「支払いは見つけたあとでけっこうですよ。探すのが物であれば一分、人であれば一両、普通でない難しいものであれば、二両いただきます」

「ずいぶんふっかけるじゃないの。……いいでしょ。ほんとに見つけてくれるなら、一両でも二両でも払おうじゃないの。……事情はもう聞いているわね？」

「つなぎの文には、ここにて失せ物を見つけるようにとあっただけでしてね」

「あらま、そう？　じゃ、話すけど、見つけてほしいのは、この家のどこかに隠してあるものなんです。でも、その隠し場所は、忘れられた記憶の中にあるんですよ」

「記憶？」

「まあ、見せたほうが話が早い。こっちへ」

だが、廊下を歩いていくらもしないうちに、横の障子が勢いよく開き、若い娘が顔を出した。歳は十四、五。おちかによく似ており、体格も大きく太っている。その小さな目は意地悪げに光っていた。

「おっかさん、その人があれを探してくれる人なの？」

「おかつ、あっちに行ってなさい」

「いいじゃないの。あたしも見ていたい。ねね、魔物の目を持っているって、ほんと？　嘘なんでしょ、ほんとは？」

この母にしてこの娘ありだ。うんざりするお百の後ろでは、焦茶丸が目を見張っていた。だが、約束したとおり、口は閉じていた。

「いい加減におし、おかつ。お遊びじゃないんだよ、これは」

「わかってるわよ。でも、見ていたいの。ねえ、いいでしょ？　邪魔はしないから」

「……しかたない子だねぇ」

「うふふ」

こうして、おかつという娘も加わり、四人は奥の部屋へと入った。

そこは小さな殺風景な部屋だった。もしかしたら、納戸か物置だったのかもしれない。畳はなく、板張りの床は冷え冷えとしていた。空気は重く、糞尿の悪臭が漂っている。それを消すため、香《こう》が焚かれていたが、それほど役立ってはいない。

そして、布団が一組敷かれており、そこには一人の老人が横たわっていた。憎々しいほど太ったおちか親子に比べると、骨と皮ばかりにしぼんだ老人だ。目をうつろに開き、ぽかりと開いた口の端からよだれがたれている。息をするたびに、ぜひぜひと、痰がからんだ音がする。

お百は眉をひそめた。左目の力を解放するまでもなかった。この老人はほとんど死んでいる。体はかろうじて生きているが、魂の気配がないのだ。

いったい魂はどこへ？

これも、探すまでもなかった。

ぼんやりとした足が、布団の横に見えた。くるぶしまでの痩せた足で、左足の小指と人差し指の爪がない。そして、不気味な焔に包まれ、ぶすぶすと燃えていた。焔の色は紅蓮《ぐれん》と漆黒。怒りと恨みの地獄の色だ。

こいつは二両でも割に合わない仕事かもしれないと、お百は心の中で舌打ちした。下手をしたら、こちらが取り憑《つ》かれてしまいそうだ。

気を抜かないようにしながら、お百はおちかに尋ねた。

「この人は？」

「あたしの叔父ですよ。勇五郎《ゆうごろう》といって、昔は名のある老舗《しにせ》蠟燭《ろうそく》問屋の主人でしてね。養子夫婦に店を譲って、生まれ育ったこの家にひきこもったのはいいけれど、最近すっかり呆けてしまってねぇ。自分で髪を引き抜いたり、転んで爪を剝がしてしまったりと、一時は本当に大変で。でも、こうやって寝たきりになってしまうと、それはそれで哀れなものですよ」

「……そうですかえ」

嘘だなと、お百は見破った。おちかの口調が白々《しらじら》しかったからではない。おちかが何か言うたびに、燃える足が激しく足踏みをするのだ。まるで床板を突き破らんとするかのように。嘘だ嘘だと、叫び声さえ聞こえてきそうなほどであった。

お百はすっかり嫌気が差してきた。そのせいか、急に尿意を催した。

お百はくるりとおちかを振り返った。

「あいすみませんが、厠《かわや》はどちらで？」

「えっ？　か、厠？」

「あい。お恥ずかしい話ですが、道すがら厠がなかったものでしてねぇ」

「……しかたない。おかつ、おまえ、案内しておあげ」

「いやよ。おゆうに言いつければいいでしょ？」

「それもそうだね。おゆう！　ちょっと来ておくれ！」

おちかが呼ぶと、小柄な娘が現われた。まだ十二歳ほどだろう。色黒で、痩せていて、手はあかぎれだらけだが、そのまなざしには素直さがあふれている。この家でやっとまともな人間に出会えた気がして、お百はそっと息をついた。

おゆうという娘は膝をついた。その目はちらちらと、奥で寝ている勇五郎老人を気遣わしげに見る。

「お呼びですか？」

「ああ。お客さんをね、厠まで案内してさしあげとくれ」

「あい。……あの、旦那様のご様子は？」

「そんなこと、あんたの知ったことじゃない。言われたことをやればいいんだよ」

つっけんどんに言われ、おゆうはかわいそうなほどうなだれた。尿意が高まっていたこともあり、お百は早口でとりなした。

「まあまあ、おかみさん、そう叱っちゃかわいそうですよ。あんた、おゆうちゃんっていうんだね？　早く厠に案内してもらえると、助かるんだけど」

「あ、あい！」

「よしよし。焦茶丸、おまえはここにいるんだよ。おとなしくね」

こくりと焦茶丸はうなずいた。哀れな寝たきり老人から目を離せない様子だった。

そうしてお百は、悪臭と不気味な足のいる部屋から抜けだすことができた。だが、息をついたところで、ぎくりとした。

なんと、あの足が一緒についてきたのである。

前を歩くおゆうの横を、ゆっくりと歩調を合わせて歩いて行く足。だが、その焰の色はもはや違っていた。胸が温かくなるようなほんのりとした薄紅色となっているではないか。

もしやと、お百はおゆうに話しかけた。

「おゆうちゃん。あんた、ここに奉公して長いのかい？」

「……二年になります」

「というと、十かそこらで奉公に来たんだね？　あの勇五郎って旦那さんはどんなお人だった？」

「いい人です。おまえは子供なんだから、そんな一生懸命働かなくていいよって、いつもお菓子をくれて……ま、孫みたいにかわいがってくれました。なのに、あの人達が来たから……」

「あのおかみさん達のことかい？」

「あんなの、疫病神《やくびょうがみ》だ！」

抑えに抑えていたものが弾けたかのように、おゆうは激しく吐き捨てた。

「離縁されて家を追い出されたからって、旦那様のところに泣きついてきたんです。旦那様は優しいから、いいよいいよと、家においてあげて。そ、そうしたらもうめちゃくちゃで、やりたい放題し始めて！」

勝手に手文庫の金を抜き取ったり、勇五郎が大事にしている値打ち物の香炉や唐渡りの壺を売り払ったり。

おちか親子のふるまいが心の負担となったのだろう。その頃から勇五郎の様子もおかしくなってきたという。おゆうのことを時々別の名で呼ぶようになり、夕餉のあとに「飯はまだか」と何度も催促するようになった。

悪いことは重なるものだ。ある日、庭を散歩していた勇五郎は足を滑らせ、したたかに腰を庭石に打ちつけてしまった。よほど強く打ったのだろう。その時から、起きあがることができなくなった。

だが、おちか達は医者に診せるどころか、勇五郎を納戸に閉じこめてしまった。粗相をするようになった勇五郎を、おかつが嫌がったためだ。

おゆうは勇五郎の世話を命じられた。おゆうとしても、恩ある旦那様を助けてやりたかった。が、その方法がわからない。せめて気持ちよくすごせるようにと、心をこめて飯を作り、下の世話をしてやるくらいしかできなかった。

勇五郎の呆けは進んでいく一方だったが、正気になることも時々あった。そういう時は、おゆうの顔をじっと見て、同じことを繰り返しつぶやいたという。

「この家にはお宝を隠してある。いいかい？　お宝だ。わしが隠したんだ。お宝があるんだよ」

どこにあるのだと、おゆうは何度も聞き返した。そのお宝が手に入れば、勇五郎を連れて、この家から逃げ出せる。そう思ったからだ。

だが、肝心の隠し場所を、勇五郎は忘れてしまっており、どうやっても思い出すことはなかった。

そこまで話を聞き、お百はなるほどとうなずいた。

「合点《がてん》がいったよ。あのおかみさんが見つけてほしいってのは、お宝の隠し場所ってことだ。呆けちまった旦那さんの記憶を探って、見つけ出せ。そういうことなんだろ？」

「……そうです。ある日、旦那様とあたしとのやりとりを、おかつおじょうさんが盗み聞きして……それから旦那様はもっとひどい目にあわされるようになりました。お宝はどこだ、白状しろって」

水をあびせかけて放置したり、足指の爪を剝がしたりと、親子はとにかく勇五郎を責め立てたという。だが、弱った老人の身に、それらの折檻《せっかん》は耐えられるものではなかった。結局、宝の隠し場所を思い出すことなく、勇五郎は完全に生ける屍《しかばね》と化してしまったのである。

ここに来て、おちかとおかつは焦った。二人はすでに勇五郎の持ち金を食い潰しており、なんとしても隠された宝とやらを欲していたのである。そして、どこで聞いたか、失せ物屋お百の存在を知り、つなぎを取ったわけだ。

そこまで話した後、おゆうは必死の形相でお百に迫った。

「お願いです。この仕事、断ってください！　あの人達、お宝を見つけたら、旦那様を今度こそ殺しちまいます！」

「待った待った。殺すだなんて、穏やかじゃないねぇ」

「ほんとです！　あの人達ならほんとにやります！」

「落ちつきなよ。悪いけど、こっちも明日のおまんまがかかってるからね。断るわけにゃいかないんだ。そんなことより、早いとこ厠に案内しておくれよ。もう漏れそうだ」

「…………」

怒りと軽蔑のこもったまなざしは、子供といえども鋭かった。

おゆうはその後はぴたりと口を閉ざし、黙って歩いた。横にいる足もまた、静かに足跡を残していく。

ようやく厠に着くと、おゆうはそっけなく言い捨てた。

「ここです。戻るのは自分でできますよね？」

「ああ、ありがとさん」

「…………」

憎々しげな一瞥《いちべつ》を残し、おゆうは立ち去った。

だが、あの足は去らなかった。お百が厠の戸を開けたところ、なんと、先に中に入っていってしまったのだ。

「ちょいと。勘弁しとくれよ」

唸りながらお百は続いて中に入った。いっそ眼帯を外し、追っ払ってくれようかと思ったところで、はっとした。

厠の壁に、今度は手形が現われていた。ぺたぺたと、黒ずんだ染みを残しながら、手形は上へとのぼっていき、天井板のところで消えた。

ふむっと、お百は息をついた。先に用を足すか、それとも天井裏を調べるか、ちょっと迷ったのである。

厠から戻ったお百に、おちかとおかつは苛立たしげな声をぶつけてきた。

「遅いじゃないの！」

「そうよ。いつまでこんな臭い部屋で待たせる気？」

「あいすみませんねぇ。すぐにやりますよ。それで、探してほしい記憶っていうのはなんです？」

お百が思ったとおり、おちかは「勇五郎の宝の隠し場所」と答えた。

「もともと、叔父はあたしにお宝をくれるって、何度も言ってくれていたんですよ。なのに、呆けて、隠し場所を忘れてしまってねぇ。お金がほしいってわけじゃないけど、何かが隠されていると思うと、どうにも落ちつかなくて」

しおらしげに言いながらも、おちかの目は欲で光っていた。

「で、どうなんです？　叔父の記憶、見つけられそうかしら？」

「なんでも見つけられるって謳《うた》ってるくらいなんだから、当然できるんでしょうね？」

おちかだけでなく、おかつまでさもしげに身を乗り出してくる。どうしようもない親子だと心の中で舌打ちしながら、お百はにこっと笑ってみせた。

「叔父様の薄れた頭の中を探すより、もっといい手がありますよ。要は隠されたお宝を見つければいいのでしょう？」

「そうですよ。……見つけられるんですね？」

「あい。それじゃ、さっそく探すとしましょうか」

お百は頭巾を脱ぎ、静かに眼帯を外した。あらわになった青い目を見て、おちかとおかつはひっと身をこわばらせた。おかつに至っては、「うわ、気持ち悪い！」と、つぶやきさえした。

憤慨《ふんがい》したように、焦茶丸の体が膨れた。だが、お百は軽く手を振って、落ちつくよう、焦茶丸に伝えた。無礼な小娘の言葉に、いまさら傷つくお百ではない。これよりはるかにひどい言葉を、幾千万と投げつけられてきたのだから。それよりも、さっさと仕事をすませて、この家から出たい。

お百は部屋の中を改めて見まわした。

今、お百は二つの世界を同時に見ていた。

一方は普段見ているのと変わらない。

だが、もう一方、左目で見ている世界は、全てが青く染まって見えた。人も壁も床も、濃淡様々な青で彩られている。

だが、青以外の色が浮かぶものもある。

例えば、おちかとおかつ親子からは、毒々しい黄色の焰が、「金」という字を作りながら立ちのぼっていた。

焦茶丸は、綿毛のように優しげな白い光に包まれている。

そして、横たわっている勇五郎老人には、なんの光もない。それどころか、布団が透けて、手足からじわじわと青黒くなっているのが見えた。

この老人はまもなく死ぬ。いや、もうとっくに死んでいてもおかしくないのだ。だが、まだしぶとく生き抜いている。壊れた体にしがみついて、必死で死を引き延ばしている。

なんのためにと、お百はおちかの横に目を向けた。

今はもう、勇五郎の魂の姿がはっきり見えた。赤と黒の焰にあぶられながら、目だけを白く光らせ、おちか親子を睨んでいる。ぞっとするような憎悪のまなざしだ。これはもう生き霊と言うより怨霊と言うべきだろう。

ぞわぞわと肌が粟立つのを感じながらも、お百はできるだけ静かに問いかけた。

「勇五郎さん。お宝のありか、思い出しましたかえ?」

ぎろりと、勇五郎がお百を睨んできた。だが、お百はひるまなかった。

「お宝ですよ、勇五郎さん。おちかさん達にあげる宝物があるんでしょう? どこにあるのか、教えてくださいよ。おちかさん達にあげたいものです。ほら、思い出せたでしょう?」

一言一言に力をこめて、お百は話しかけた。おちか達は気味悪そうに部屋の隅へと逃げていったが、そちらには目もくれなかった。お百が相手をするべきは勇五郎ただ一人なのだ。

お百の辛抱強い問いかけに、ふいに勇五郎は理解を示した。にっと笑うなり、歩いて部屋から出て行ったではないか。

「こっちだそうですよ」

お百はすぐさま勇五郎を追った。他の者達もあたふたとあとをついてきた。

音もなく歩く勇五郎の生き霊。その体からは白い糸が伸びていた。狭く寒々しい納戸に寝かされた体とつながっている糸、へその緒のように、肉体と魂とをつなぐ玉の緒だ。だが、それはあまりにもか細く、今にも切れてしまいそうだ。

頼むから保っていてくれと、お百は冷や冷やしながら願った。ここで玉の緒が切れたら、勇五郎は間違いなく怨霊と化す。あれほどの恨みを抱えた凶霊を扱うのは、お百といえども手に余る。できれば、相手にはしたくない。

やがて、勇五郎は足を止めた。そこは小さな庭で、奥には一本だけ、大きな桜の木が生えていた。その木の根元を、勇五郎はまっすぐ指差した。

「その桜の木の根元に、何か埋まっているようですよ」

お百が告げると、おちか達は目の色を変え、おゆうを呼んだ。

嫌そうに現われたおゆうに、親子はつばを飛ばしてまくしたてた。

「ああ、おまえ。すぐに鍬《くわ》を持っておいで。で、ここの土を掘るんだよ！」

「さっさとおやりよ！」

恨みがましい目でお百を見たあと、おゆうは言われたとおりに鍬を持ってきて、硬い地面を掘り返し始めた。

おゆう一人に掘らせるのは酷だと、焦茶丸が無言で手伝いだした。

お百は手を貸さなかった。そばにいる勇五郎から目を離すわけにはいかなかったからだ。

だんだんと、玉の緒が細くなってきている。急げ急げ。あれが切れてしまう前に、勇五郎の望みを叶えてやらなくては。

秋の空の下、脇の下に冷や汗をかきながら、お百はじっと立っていた。

やがて、おゆうと焦茶丸は小さな箱を掘り当てた。赤い漆塗りで、銀色の紐できっちりと閉じられている。

「それなのね！　ほんとにあった！」

「お、およこし！　さあ、早く渡すんだよ！」

おちかとおかつは魚に群がる野良猫のように箱に飛びついた。引きむしるように紐の結び目を解き、箱のふたをぱかりと開けた。

とたん、二人の動きが止まった。

「えっ？」

「なんなの、これ？」

お百、それに焦茶丸とおゆうも、箱の中をのぞきこんだ。

中にいたのは、白い小さなやもりだった。眠っているのか、目を閉じ、じっとしている。だが、おちかが箱をゆらしたところ、ぱちっと、まぶたを開いた。あらわれた目は血のように赤かった。

次の瞬間、やもりは稲妻のようにすばやく箱から抜けだした。

「きゃあああっ！」

「いやあああっ！」

たまげた親子は箱を放りだし、二人そろって、どしんと、しりもちをついた。

やもりはその体を伝わり、さっと庭のどこかへと走りこんでいってしまった。

ぷっと、おゆうが吹き出した。焦茶丸もくすくすと声をもらす。

だが、お百は笑わなかった。なぜなら、すぐ横で勇五郎が笑っていたからだ。

げらげらと、勇五郎は笑い転げていた。してやったりと言わんばかりの凶悪な笑みを浮かべ、腹をかかえて身をゆすっている。その体に、もはや玉の緒は見られなかった。

切れてしまったか。

お百が心の中でつぶやくのと、おちかとおかつが憤怒《ふんぬ》の形相で立ちあがるのは同時だった。

「何笑ってんのよ!」

おかつはまずおゆうをひっぱたいた。

だが、母親のおちかの怒りはまっすぐお百に向けられた。

「どういうことですよ、これは! お、お宝なんかじゃなかったじゃないの! やもりだなんて、気味が悪い!」

「さて、わかりませんね」

お百はとぼけてみせた。

「あたしはただ、あの旦那さんの記憶のままに、隠されていたものを探し当てただけですよ。中身がどんなものかまでは、あたしにだってわかりゃしませんから。それより、ちゃんと見つけてみせたんです。お代を払ってもらいましょうか」

「冗談じゃない！　誰が払うもんか！　出ておいき！　今すぐここから出て行け！」

「それじゃ話が違うじゃありませんか！」

「うるさい！　出て行けったら、この化け物！」

髪を振り乱してわめく母親に、おかつが言った。

「おっかさん。ついでに、おゆうも出て行かせてよ！　こんな鈍《どん》くさい子、もういらないでしょ！」

「ああ、そうだね。おゆう。おまえもだよ。暇を出すから、この女と一緒に出ておいき！」

おゆうの顔色が真っ青になった。

「で、でも、旦那様のお世話が……」

「あんなくそじじい、もう世話する必要もないよ。あいつに必要なのは棺桶だけさ。ああ、いらいらする！　おまえ達、いますぐ出て行かないと、人を呼ぶからね！」

　怒鳴り声に閉口し、お百は首をすくめた。

「ああ、はいはい。わかりましたよ。出て行きますよ。こんなしみったれた女どもからは、びた一文もらいたくもない。おゆうちゃん、一緒においで。さあ、おいでったら」

　おゆうの首根っこを捕まえて、お百は荒々しく家の敷地から出て行った。だが、家から離れていく間も、おゆうは激しく抗っていた。

「離して！　離してください！　旦那様が！　まだあの家には旦那様がいるのに！」

「その旦那様は死んだよ。今しがたね」

「えっ？」

　おゆうの動きが止まった。あとをついてきた焦茶丸も、びっくりしたように目を見張った。

「お、お百さん、それ、ほんとですか？」

「ああ、ほんとさ。焦茶丸は気づかなかったのかい？　あの旦那さんの生き霊が死霊に変わるところをさ？」

「げっ！　い、生き霊がいたんですか？」

「あんたのすぐ横にいたよ」

「ぎゃっ！」

「なんだねえ。あんたが怖がるってどういうことだい？」

「人間の霊は嫌いなんです！　こ、怖いんだもの！」

ぶるぶる震える焦茶丸に、お百は吹き出してしまった。

だが、その間もおゆうはただ立ち尽くしていた。やがて、その目に涙があふれてきた。

「それじゃ……旦那様、死んじゃったんですか？　ほ、本当に？」

「ああ。残念だけど、しかたないね。もともと、生きているのが不思議なくらいの有様だったから」

くわっと、おゆうは目を吊り上げた。

「み、みんな、あの二人のせいだ！　旦那様は、こ、殺されたようなもんです！　言ってやる！　お役人様に言ってやる！　あの二人が旦那様をひどい目にあわせたんだって！」

「やめとくんだね」

息巻く少女に、お百は冷ややかに言った。

「あんたが騒いだところで、あの二人はのらりくらりと役人の取り調べをかわすよ。下手すりゃ、あんたを主殺しで訴えてくるかもしれない。そうならないためにも、二度とあの家、あの二人に近づくんじゃないよ」

ぐっと唇を噛みしめるおゆうをかばうように、焦茶丸が前に進みでた。

「でも、お百さん。このままじゃあんまりですよ。おゆうちゃんの言うとおり、おじいさんが亡くなったのは、あの二人のせいとしか思えない。それでも、なんにもしないつもりなんですか？」

「なんにもしないよ。その必要がないからね。復讐は勇五郎さん自身がやってのけたんだ」

「え？」

「ど、どういうことですか、それ？」

目を見張る焦茶丸とおゆうを、お百は見つめた。色の違う両目が冴え冴えと光っていた。

「勇五郎さんが見つけさせたあの赤い箱。あれはね、あの家の守り神を封じたものだったんだよ。勇五郎さんの父親か祖父かがあの家を建てた時、家内安全を願って、守り神を桜の木の下に埋めたのさ」

「どうして、そんなことを？」

「まじないだよ。守り神が留まっているかぎり、その家が滅ぶことはないからね。勇五郎さんはそのことを知っていた。あそこに箱があることを覚えていた。だから、あの二人に開けさせたかったんだよ」

あのまじないは、いいものではなかった。神たるものを奉るのではなく、力で縛って、家に縫い止めておくものだった。だからこそ、神がいなくなった時の反動は、より大きく激しいものとなる。

「勇五郎さんの狙いどおり、あの馬鹿な二人はそのまじないを解いてしまったってわけさ。……守り神が逃げた家には、すぐに災いがやってくる。ま、見ててごらん。じきに、あの二人には報いが来るからさ」

「……信じられないです」

「ふん。強情な小娘だね。じゃ、自分の目で見てみりゃいい」

そう言うなり、お百はおゆうの手をつかんだ。ついでに焦茶丸の手も。

とたん、おゆうと焦茶丸は飛び上がった。

「きゃっ！」

「わわわっ！」

二人の目に映ったのは、勇五郎の姿だった。体は青白く、足はほんの少し宙に浮いている。あの紅蓮と漆黒の焔は消えていたが、体のそこここに黒ずんだしみが点々と残っている。

「うーん……」

焦茶丸が変な声をあげて、くたりと力を抜いた。気を失ってしまったのだ。化け狸のくせになんと情けないと、お百はあきれながら焦茶丸の手を離した。

一方、おゆうは涙ぐんでいた。

「旦那様……ほ、ほんとに亡くなっちまったんですね」

勇五郎の体を包む青白い光が、ほんのりと薄紅色になった。おゆうを見つめる目は、先ほどまでとは打って変わって優しい。

お百が声をかけた。

「満足しましたかえ？」

にやりと、勇五郎が笑った。だが、うなずきはしなかった。まだしてほしいことが残っているからだ。

「わかってますよ。あれを渡せって言うんでしょ？　まったく注文の多い旦那だね」

悪態をつきながら、お百は懐から小さな袋を取りだして、おゆうに差しだした。

「ほらこれ。旦那さんからあんたにだよ」

「え？」

「厠の天井裏に隠してあったもんだ。勇五郎さんに教えてもらって、あたしが預かっておいたんだよ。これがほんとのお宝さ。で、これはあんたのためのものなんだよ」

「あ、あたしの？」

「ああもう！　じれったいね。ちょっと目を閉じてな。あたしが見たものを、あんたにも見せてやるから」

言われるままに、おゆうは目を閉じた。お百はおゆうの目の上に手を当てて、自分が見たものを思い浮かべた。

びくりと、おゆうの体が震えた。

「あっ！」

「見えたかい？」

「は、はい。旦那様が……み、見える！」

まだ元気なころの勇五郎が見えた。顔には憂いを浮かべ、手には小さな袋を持っている。口からもれるつぶやきも聞こえてきた。

「最近どうも手元の金がなくなっている気がしてならない。身内を疑うのは嫌だが、おちかかおかつの仕業じゃないかね？　……家に迎えるべきじゃなかったか。おかつはおゆうにも意地の悪いまねをしているようだし。……とにかく、これだけは盗まれないように隠さなくちゃね。おゆうが嫁ぐ時には、嫁入り支度はわしがやってやるんだ。そう決めてるんだから」

そうつぶやきながら、勇五郎は廁へ入り、その天井裏にそっと袋を隠したのだ。

ここでお百は手を離した。

「これでわかったろう？　もう目を開けていいよ」

おゆうは夢でも見ていたような顔つきで、目を開いた。

「今の……旦那様だった……」

「そうさ。過去の姿だ。おちかさん達に盗まれないよう、お金を隠したんだ。だから、あんたに何度も教えようとしたんだよ。おまえのためのお宝がある。見つけろ。見つけて幸せになってくれって」

「だ、旦那様！」

うわっと泣きだしながら、おゆうは勇五郎に向かって膝をついた。

「あたし、こんなもの、もらえる子じゃない。助けられなくてごめんなさい！　ごめんなさい！」

おゆうからあふれる涙の気が、いまだ勇五郎の体に残る青黒い恨みのしみを洗い流していく。代わりに、温かい色がどんどん広がり出す。

それを見届け、お百は勇五郎に話しかけた。

「この子はもう大丈夫だから。……あんた、もう逝ったほうがいい。今の優しい気持ちを持ったまま、光のほうにお行きなさいよ」

勇五郎は微笑んだ。如来のように優しい微笑みだった。

と、その姿がさあっと薄れて消えた。お百の青い目をもってしても見つけられない場所へと去っていったのだ。

ふうっと息をつき、お百はそれまで握っていたおゆうの手を離した。泣いていたおゆうであったが、はっと顔をあげた。

「だ、旦那様?」

「もう逝っちまったよ」

眼帯をつけ直しながら、お百は言った。

「かろうじて怨霊にならず、きれいな魂のまま逝くことができた。あんたのおかげさ。だから、もう泣くんじゃない。あんたは旦那さんに最高の奉公をしてやったんだから。それより、もらったものを確かめてみたらどうだい?」

「は、はい」

おゆうが袋の口を開けてみたところ、中には十五両もの金が入っていた。

「こ、こんなに……」

「おっと。このうち二両はあたしがもらうよ。それだけの働きはしたからね」

お百はすばやく二両をかすめとって、懐にしまった。おゆうは何も言わなかった。

「さて、あんた、これからどうする? 自分の家に戻るもよし。帰る家がないなら、常磐町《ときわ》のお菊《きく》ってばあさんを訪ねるといいよ。このばあさんは口利き屋でね。

強突く張りだけど、目は確かさ。二分払えば、いい奉公先を見つけてくれるし、それまで二階に住まわせてくれるから」

「あ、ありがとうございます、お百さん」

「よしとくれ。あたしゃ、あんたのためにやったんじゃない。金のためにやったことで、礼を言われる筋合いはないよ。ほらほら、さっさと行きな。行っちまいなってば」

ぶっきらぼうに手を振るお百に、おゆうは初めて笑いかけた。

もう一度頭を深く下げたあと、おゆうは小走りに去っていった。

それを見届けたあと、お百は気絶した焦茶丸の頰をぺちぺちと叩いた。

「おい、狸。いつまで寝転がってる気だい？　起きなったら」

「う、うーん。あ、お、お百さん」

「お百さん、じゃないよ。たかが幽霊相手に気を失ったりして、あんた、恥ずかしくないのかい？」

「だって、いきなりでびっくりしたんだもの」

「情けないねえ。まあいい。そんなことより、もう用事はすんだから。とっとと家に帰るよ」

ぱっと、焦茶丸の丸い目が大きく見開かれた。

「……一緒に帰っていいんですか？　ってことは、一緒に住んでもいいってことですか？」

「勘違いすんじゃないよ。あんたはそれなりに役に立ちそうだから、奉公させてやるってだけさ。とりあえず、帰ったら何か温かいものを作っておくれ。あと、卵酒。しょうがと砂糖をたっぷり入れたやつ」

「か、風邪でもひいたんですか？」

「ちょいと力を使いすぎたのさ。あんたやおゆうにも、勇五郎さんを見せてやっただろ？　ああいうことすると、血が抜けたようになって、寒くてたまらなくなるんだよ。それで、どうなんだい？　温かいもの、作れるのかい？」

「つ、作れます！　うどんでも、お粥《かゆ》でも！　お百さんの食べたいもの、なんだって作ります！」

「うどんがいいね。天かすもたっぷり入れておくれ」

「はい！　ありがとう、お百さん！」

「こら！　まとわりつくんじゃないよ！」

叱りつけながらも、お百の口元はかすかに緩んでいた。

こうして、失せ物屋お百の下に居候が一匹、留まることになったのである。

三

「お百さん、これはいったいどういうことですか？」

目を吊り上げて、焦茶丸がお百に詰め寄ってきた。その腕にはあの千両箱が抱えられている。

お百はとぼけてみせた。

「どういうことって、なにがさ？」

「お金ですよ！　こ、この前のお金はどうしたんです？　おゆうちゃんからもらったうち、一両はこの箱に入れたのに！　十三両入っていなきゃいけないのに、十一両しかない！　増えるどころか、減っているじゃないですか！」

「ああ、あちこちの酒屋のつけを払うのに使ったんだよ。あと新しい酒を買うのにね」

「飲みすぎです！　こんなことじゃ、いくら経ってもこの千両箱がいっぱいになる日なんて来やしませんよ！」

「うるさいねぇ。あんた、あたしの女房かい？　朝っぱらから、がみがみと。いいじゃないか。昨日からずっと雨が降っているだろ？　秋の雨ってのは、気がくさくさするんだよ。客だって来やしないし、朝から酒だって飲みたくなるってもんさ」

「あ、だめです！　どさくさ紛れに、何、茶碗酒しようとしてるんですか！」

「あ、返せ！　このやろ！」

「か、返しません！」

徳利を抱えて逃げる焦茶丸を、お百は鬼の形相で追いかけ回した。

ついに、お百が焦茶丸を追いつめた。と思いきや、焦茶丸は徳利を抱えたまま、ひらりと、天井の梁《はり》に飛び乗ったではないか。

見事な身の軽さに、お百は一瞬は感心したものの、すぐに我に返り、さらに眉を吊り上げた。

「おりといで、この糞狸！」

「い、嫌です！　返してほしかったら、早く二両以上稼いできてください！」

「こいつ！　ほんと生意気だね！　居候の分際で、大家にたてつこうってのかい！」

「い、居候じゃありません！　ちゃんと働いているでしょ！」

実際、焦茶丸はよく働いていた。お百の下に居ついてから十日あまり経つが、食事の支度はもちろん、掃除、細々とした買い物、敷きっぱなしだったお百の布団を日に干すなど、くるくると動き回っている。

おかげで、ほこりだらけだった部屋は、見違えるようにきれいに居心地良くなっていた。酒ばかり飲んでいたお百の体も、きちんとした食事を喜んでいるかのように調子がいい。

だが、だからと言って、「もっと働いて稼いできてください」だの「お酒にお金を使いすぎですよ」だの、口うるさく言われるのは勘弁だ。「ここにいていいだなんて、言うんじゃなかった」と、日に何度か思うお百なのである。

今も、大好きな酒を取り上げられて、かなり頭にきていた。

「こんちくしょう！　もう怒った！　だいたい、居候のあんたがなんであたしの金を仕切るんだ！　無駄遣いするなって言うけど、そもそもあたしが自分の金をどう使おうと勝手だろ？　おかしいじゃないか、こんなの！」

「お、おかしくないです。まがりなりにも、おいらはここの台所を預かることになったんです。台所を預かるってことは、家計も預かることなんだから、あれこれ言うのは当たり前ですよ！」

「ええい！　ああ言えばこう言う狸だね！　ほうきで叩き落としてやる！」

がっと、お百がほうきを手に取ったところで、こんこんと、軽く戸口を叩く音がした。

お百も焦茶丸も、瞬時にそれまでのことを忘れた。特に焦茶丸は目を輝かせながら、梁から飛びおりてきた。

「早く早く！　お、お客さんですよ！　仕事の依頼かも」

「わかってるよ。あんたは早くそのしっぽを隠しな」

「あ、はい！」

お百は乱れた髪を手で直しながら、戸口を開けた。開けてがっかりした。外にいたのは、同じ長屋の住人、藤十郎《とうじゅうろう》であったのだ。

「なんだ。あんたかい」

「いきなりご挨拶だな、お百」

張りのある美しい声にふさわしく、藤十郎はなんとも艶のある美男子であった。すっきりと背は高く、役者のように整った顔立ちに、匂い立つような色香がある。長い流し髪はうらやむほど豊かで、きめ細かい雪肌としっくりと合っている。

その腕には大きな姫人形を抱えていた。ほとんど人間と変わらぬ大きさのため、藤十郎が女と寄り添っているように見えるほどだ。

実際、藤十郎はとても愛おしげに人形を抱いていた。雨に濡れないよう、しっかりと傘をさしかけてやっている。その分、自分が濡れてしまっていたが、その姿がまたあだっぽい。水もしたたるなんとやらだ。

ちらっと人形を見て、お百は顔をしかめた。

「また新しい人形かい？」

「そうだよ。俺の大事なお姫さんだ。三日前から一緒に暮らし始めてね。ちっとだって俺と離れたくないそうだから、こうして連れて来たんだよ」

かたり、かたり。

藤十郎が微妙に動かすためか、人形は妙に生々しく首をかしげた。そのため、お百のほうをじろじろ見ているような、そんな感じとなった。生きているかのようなしぐさに、お百の後ろにいた焦茶丸は息を止めたほどだ。

その焦茶丸を見て、藤十郎が微笑んだ。

「ああ、本当だったんだな。難攻不落のお百がついに男と暮らし始めたと、長屋で噂になっていたよ。だが……男というにはちょっと幼すぎるか。どうしたんだい、その子は？」

「ちょいと拾ったんだよ。それより、なんの用だい、藤十郎？」

つっけんどんなお百に対しても、藤十郎は怒らなかった。姫人形の頬を撫でながら、頼みがあると、静かに切り出した。

「昨日、娘を見つけてね。泣きじゃくっていて、本当に不憫《ふびん》だった。でも、今の俺はこちらのお姫さんで手一杯なものでね。かわいそうだが、相手をしてやる暇がない。だから、おまえに頼みたい。今夜、娘が訪ねてくるはずだから、話を聞いてやってくれ」

「やだね。ごめんだね」

にべもなくお百は突っぱねた。

「あんたの言う娘ってのは、金にならないやつらばっかりじゃないか。冗談じゃない。ただ働きはなにより嫌いだって、知ってるだろ?」

「だが、今回は金になるかもしれないぞ? なあ、頼む。一つ貸しとさせてもらうから。な?」

「そういう流し目は他の女どもにくれてやるんだね。あたしにゃ効かないよ」

「……前から思っていたが、おまえ、本当に女か?」

心底不思議そうに言ったあと、藤十郎は慌てた様子で人形に顔をよせた。

「何を妬いているんだ、おまえ。俺の大事な女はおまえしかいないよ。うんうん。もちろんだ。用はすんだ。もう帰るから。ということで、お百、あとは頼んだ」

「ふざけんない！　誰が頼まれるもんか！」

「そうは言うが、もうおまえの家を教えてしまったんだ。娘は今晩きっと訪ねてくる。かわいそうな娘なんだ。あまり邪険にしてくれるなよ」

そう言って、藤十郎は人形と共に雨の中を去っていった。

ばちんと、お百は激しく戸を閉めた。その顔は不機嫌一色に彩られていた。

だが、焦茶丸はまだ呆然としていた。顔色も灰色に変じている。さすがに心配になり、お百は声をかけた。

「焦茶丸。あんた、大丈夫かい？　どうしたんだい？」

「あ、あの人形……い、生きていました。お、お百さんのこと、睨んでた！」

「ああ、そうだね」

「で、でも人形なのに」

「魂が入っているのさ。今の男、藤十郎っていうんだけど、生業《なりわい》は拝み屋なんだよ」

土間からあがりながら、お百は話した。

「中でも得意なのが、憑き物落としだ。だが、あいつは女の怨霊しか相手にしない。そのやり方も変わっててね、まず怨霊を自分に憑かせて相手をしてやるんだ。怨霊の恨み辛みをひたすら聞いて、なだめてやって。落ちついてきたころに、生き人形に寄りつかせる。で、そのあとは恋人として扱う。甘い言葉を千回万回ささやいて、尽くして、甘やかして。恨みに満ちていた女の霊も、しまいには幸せのあまり成仏しちまうってわけさ」

「す、すごい……」

焦茶丸は目を見張った。

「普通できないですよ、そんなこと」

「そうだよ。あいつは筋金入りの変態なのさ」

「へ、変態？」

「あいつは人形が生きているのが嬉しくてたまらないんだよ。きれいな人形に魂が入っている。ただの物が特別な生き物になる。その状態がたまらなく魅力的に見えるらしい。どんな怨霊であろうと、人形に入ってしまえば、藤十郎にとっては愛しい女でしかなくなるんだ。本気で愛し、本気で尽くす。だから、霊達はみんな成仏する。そして、寂しくなった藤十郎はまた別の霊を探すってわけさ」

こんな異常な性癖が、世のため人のためになってしまうのだから恐ろしいと、お百は思う。

焦茶丸はごくりとつばを飲みこんだ。

「それじゃ……人形も藤十郎さんが作っているんですか？」

「いや、あいつはそこまで器用じゃないよ。あの人形を見ただろ？　拝み屋に作れるような代物じゃない」

「確かに、すごくきれいでした」

「ああ、あれは本職の手によるものさ。そいつも長屋の住人で、藤十郎の隣に住んでいるよ。人形師左近次《さこんじ》。人形を作ることにしか興味がない無口な男だ。完全な人形を作るってのが願いで、そのためにあちこちの墓を暴いては、若い娘の骸《むくろ》から骨や皮を剝いで持って帰ってきてるというよ」

「な、なんでそんなことを？」

「さあね。たぶん、人形作りの材料にするんだろうよ」

「ひゃあ……」

恐ろしいと、焦茶丸はぶるぶる身を震わせた。

「な、なんでお百さんは平気なんですか！　そ、そんな人達がご近所さんで、こ、怖くないんですか！」

「何をいまさら」

お百はあきれて鼻を鳴らした。

「ここに住んでるのは、あたしを含めて、まともじゃないやつらばっかりだよ。なにしろ、ここは化け物長屋だからね」

「えっ！　ば、化け物？」

「あんた、何も知らないでここに居つく気になったのかい？」

ますますあきれながら、お百は言った。

「そうだよ。ここは悪名高き化け物長屋だ。ここに住んでるのは、ろくでもないやつばかり。悪党とはまたひと味違う、異端の者どもさ。怪しい薬ばかり扱う薬師、間引き女、男だか女だかわからない役者くずれ。ああ、向かいの左端の部屋には近づくんじゃないよ。春画絵師《しゅんが》が住んでるからね。だいたいが裸で絵を描いてるし、描く絵がこれまたどうしようもないものばかりだ。気の弱いあんたが見たら、怖くて夜眠れなくなるよ」

ひええっと体をこわばらせる焦茶丸から徳利を奪い取りながら、お百は舌打ちした。

「ああまったく！　なんて日だい！　雨は続くし、寒いし、狸はうるさく鳴くし。おまけに、幽霊を押しつけられるなんて！　飲まずにやってられないよ！」

はっと、焦茶丸は顔を上げた。

「幽霊？　い、今、幽霊って言いました？」

「言ったよ。あんただって聞いてただろう？　夜に娘が訪ねてくるはずだって」

「そ、それが幽霊だって言うんですか？」

「あの藤十郎が生きた娘に興味を持つはずがないだろ？　気になって声をかけたってことは、間違いなく死霊さ」

「きゃあっ！」

焦茶丸はたたんであった布団にばっと潜りこんでしまった。

小うるさいやつを黙らせることができたと、ちょっとだけお百は溜飲《りゅういん》が下がった。これで夜までは静かに酒を楽しめそうだ。


秋の日暮れは早い。夏とは比べものにならぬほど、太陽はすばやく空の彼方に引っこんでいく。この日は雨が降っていたこともあり、いっそう陰気に闇が押し寄せてきた。

夜の気配が深まるにつれ、お百の部屋ではかたかたと音がし始めた。焦茶丸の歯が噛み合わされる音である。一応布団から出てきたものの、夕餉が終わると、今度は身の震えが止まらなくなってしまったらしい。

いいかげんにおしと、お百は叱りつけた。

「正真正銘の物の怪《もののけ》が、死霊ごときに怯えるんじゃないよ」

「だ、だって、怖いものは怖いんだもの。お、お百さんは怖くないんですか？」

「ふん。化け物長屋で失せ物屋の看板を出してるんだ。こんなことはしょっちゅうだよ」

「ひゃあ……」

「それが嫌だったら、出て行ってくれてかまわないよ」

猫撫《ねこな》で声で言うお百を、焦茶丸はきっと見返した。

「いえ、それはだめです。おいら、鱗のそばにいるって決めたんで。……お百さんこそ、おいらのことがそんなに邪魔なら、さっさと鱗を返してくれればいいんですよ。そのほうがおいらもありがたいし」

「やなこった」

「はあ、やっぱりだめですか」

焦茶丸は深くため息をついた。

「……千両までまだまだ道のりは遠いし、はあ、来年のお神楽《かぐら》には間に合わないかなぁ」

「なんだい、お神楽って？」

「毎年年が明けると、主様がお山でお神楽をなさるんです。その出来映えで、その年のお山の恵みが決まるという、大事な大事なお神楽なんです。鱗が一枚でも戻れば、それだけで主様のご機嫌はよくなって、はりきってくださると思うんです。だからできれば、正月前に鱗を持って帰りたいって思ってて」

「ふうん。ご機嫌取りも大変だねえ」

「同情してくれるなら、鱗返してくださいよ」

「だめ。何度も言わせせんじゃないよ。千両が先だよ。ほらほら、この話はここまでだ」

お百は無理やり話を切り上げた。

「それはそうと、あんた、山のものだって言ってたよね？　人界の空気は合わないようなこと言っていたけど、ここに長居してて平気なのかい？」

「あ、それは大丈夫です。お百さんに名前をつけてもらったせいか、人界でも動きやすい体になったみたいです」

「……ふうん」

「あ、今、名付けなんかしなけりゃよかったって思いましたね？」

「人の心を読むんじゃないよ」

ぎゅっとお百が眉をひそめた時だ。「ごめんください」と、戸口の向こうから声が聞こえてきた。雨の音に紛れてしまうような湿った声だった。

びゅっと、焦茶丸がふたたび布団の中に逃げこんだ。

「ふん。臆病者」

意地悪く声を投げつけたあと、お百は土間におり、戸口を開いた。

外には誰もいなかった。だが、雨の匂いに混じって、濁った泥と青臭い水草の臭いが辺りに立ちこめている。ざわざわと、肌にからみついてくる冷たさは、夜の冷気とは全く違う。

死霊がいる。

しかたないと、お百は眼帯を外した。たちまち、それまで見えなかったものが見えた。

青い闇の中に立っていたのは、一人の娘だった。十五か十六くらいだろうか。

どこかの商家の娘らしく、かわいらしい振り袖を着ている。だが、髷《まげ》は崩れ、頭からつま先まで、ぐっしょり濡れている。腰や肩には水草がからまっていて、草《ぞう》履《り》は片方脱げてしまっていた。

水死人だと、お百は一目で見て取った。

かわいそうに。この娘はどこかの水の深みにとらわれ、溺れ死んでしまったのだろう。あきらめの緑の焔をまとわせているから、自分が死者であることは悟っているようだ。だが、怒りの真紅色、未練の紫紺《しこん》色もめらめらと立ちのぼらせている。

これでは一人では成仏できまい。だからこそ、藤十郎も声をかけたのだろう。

どんよりとした暗い目で、娘はお百を見つめてきた。口を開くと、ごぼごぼと、水があふれてきた。その水と共に、娘は声を吐き出した。

「探して。見つけて。見つけて、おとっつぁん達に届けて」

「何を探せって言うのさ？」

「かんざし。手からこぼれたの。しっかり持っていたはずなのに、川の流れに取られてしまった。お願い。見つけて。おとっつぁん達に見せて。わかってくれる。すぐにわかってくれるから」

「何をわかってくれるって？」

だが、娘はかんざしを探してほしいとしか繰り返さない。死霊が一つの思いに執着するのはよくあることなので、お百もしつこくは尋ねなかった。だが、娘の身元だけは確かめなくてはならない。

「あんた誰だい？　かんざしを見つけたら、どこに届ければいいってのさ？」

これには娘もはっきりと答えた。

「五十鈴《いすず》町三丁目、小料理屋いさご屋。おっかさんはおつう、おとっつぁんは佐平《さへい》」

「あんたの名は？」

「おいち……」

ここで娘の姿が水となって崩れた。びしゃっと地面に飛び散った水は、雨水と混じり合い、たちまち見分けがつかなくなる。

その水の中に、白い紙切れが浮かび上がってきた。人の形をした紙で、じわじわと水を吸って溶けていく。

お百は苦々しく唸った。

「藤十郎のやつ、依《よ》り代《しろ》人形をあたしの家の前に仕掛けておいたんだね。だから、あの娘、ここに来られたんだ。くそ！　おもしろくないったら！」

だが、お百は死霊の名を聞いてしまった。願いを聞いてしまった。こうなった以上は引き受けるしかない。

「金にはなりそうにないってのに。ただ働きなんて、考えただけで胃が痛くなるよ。もう。焦茶丸！　焦茶丸、いつまでもひっこんでないで、出てきな！」

ひょこっと、布団の中から焦茶丸が顔を出してきた。

「ゆ、幽霊は？」

「もう帰ったよ。そんなことより、甘酒作っておくれ。うんと甘いやつ。どうにも胃がきりきりしてならないよ」

ただ働きかと、お百はもう一度ため息をついた。

翌日、お百は昼近くまで寝ていた。起きてからも動きは鈍かった。焦茶丸が用意しておいてくれた塩むすびをかじり、茶をすすり、ぼうっと煙草を一服して。

ようやく身支度を終えた時には、正午もとっくに回っていた。

「じゃ、ちょいと幽霊の失せ物を探してくるよ。あんたはどうする？」

「もちろん一緒に行きます」

「ははあ。さては、あたしがいない間に幽霊が来るかもしれないって、思ってるんだね？」

「ち、違いますよ！　主様の鱗にお供するってことですよ！」

「けけけけけっ！」

「な、なんですか、その笑い方！　嫌な感じです！」

「お生憎様。あたしゃ嫌な女なんでね」

いつものやりとりをしながら、二人は出かけた。

この日、お百は編み笠を深くかぶり、最初から眼帯ははずしていた。笠をかぶっていれば、たとえ往来を歩いても、青い目が目立つことはない。そして青い魔眼は編み笠の網目も関係なく、不思議なものを見せてくる。

雨はあがっていたが、まだ道はぬかるんでいる。そのぬかるみから、笑い声をあげている虫がいた。

通りの茶店の屋根には、首だけの女が乗っている。

楽しそうにおしゃべりしているおかみ達の背中にはりついているのは、ぎょろぎょろとよく動く大きな目玉だ。

だが、お百はそうしたものには目もくれず、ひたすら糸をたどった。

昨夜の娘、おいちは家の前に足跡を残していった。その足跡から、お百はおいちの気配、痕跡を糸として紡ぎ出したのだ。

虹色に光る細い糸。他に様々な奇怪なものが見えようと、この糸を見失うことはない。

だが、糸はあるところで二手に分かれた。右の糸はそのまま人通りの多い通りへと伸びており、左の糸は往来から外れたほうへ向かっている。

その先には何がある？

お百は糸を持って、ぴんと弾いてみた。すると、ぽたぽたと、左側の糸からしずくがしたたった。

水だ。この先には水があるのだ。

ずぶ濡れで水草をまとっていたおいちを思い出し、お百は迷わず左のほうへ向かうことにした。

進むにつれて、だんだんと人気が少なくなっていった。こんもりとした林が続き、水の匂いが強くなってきた。

やがて川に出くわした。流れは緩やかだが、深さはありそうだ。雨上がりのため、水は茶色く濁っている。

お百と焦茶丸は川沿いに下流へと歩きだした。小さな橋にさしかかったところ、そのたもとには菊の花が供えてあった。

焦茶丸が悲しげな顔をした。

「……ここで亡くなったんでしょうか？」

「そうだろうね。あるいは亡骸《なきがら》が引き揚げられた場所なのかも。……でも、娘の未練の元はここじゃないらしい」

糸は先へと続いていた。

橋を渡ることなく、お百達はさらに下流へと向かった。と、それまで道の上に伸びていた糸が、方向を変えた。その先は川の中であった。

ふいに生臭い臭気が鼻をついてきて、ぶるりと、お百は身震いした。

いる。あの娘、おいちがすぐ横にいる。探して探してと嘆きながら、お百に冷たい体を押しつけてくる。

お百は今や、青い目をおいちと共有していた。お百の青い目を通して、おいちは望みのものを探しにかかっていた。

そして見つけた。

川原近くの葦《あし》の茂み。水に浸かっている葦の根元のあたりが、濃い紫色に光っている。

お百はさっと着物の裾をまくりあげた。太股まであらわにしたものだから、焦茶丸がきゃっと叫んだ。

「お百さん、はしたないですよ!」

「………」

「お、お百さん? あ、だめ! だめですよ!」

止める焦茶丸を無視して、お百はずずんと川の中に踏みこんだ。

水は冷たかった。骨まで沁みるほどの冷たさだ。おまけに、底には泥がたまっていて、足をとられてしかたない。

だが、ひるむことなくお百は目当てのところまで進み、ぐいっと手を水の中に突っこんだ。

指がひらひらとした水草のようなものに触れた。その中に、細くて長いものがある。水草ごと、それを川の中から引き揚げた。

とぷん。

小さな水音をたてて、おいちの霊が離れた。

我に返ったお百は、水の冷たさに震えあがった。

「図々《ずうずう》しい小娘め！　勝手に他人様《ひとさま》の目を借りやがって。くそ！　生きてた頃はさぞかし親に甘やかされていたんだろうよ。こんな真似させて、顔をひっぱたいてやりたいよ！」

悪口雑言を吐きながら、おいちはなんとか川原に戻った。

そこでは、焦茶丸が気を利かせて、乾いた草を集めて火をおこしてくれていた。

さらに焦茶丸は、こんにゃくのように震えるお百の足を枯れ草でごしごしこすってくれた。おかげで、徐々に温《ぬく》もりが戻ってきた。

お百の震えがおさまってきたのを見定め、焦茶丸は尋ねた。

「何か見つけたんですね？　娘さんの言ってたかんざしですか？」

「ああ。こいつがそうだ」

手に握りしめていたものを、お百は焦茶丸に見せた。焦茶丸は息をのんだ。

「こ、これって……」

「鈍いあんたでも感じるかい？　ああ、そうさ。こいつがおいちって娘の未練の元さ。自分が死ぬってわかった時に、おいちは思ったんだろう。なんとしても、このかんざしを持っていたい。このかんざしを握りしめている自分を見つけてほしいって」

「……お百さん」

「なんだい？」

「お、お百さんは平気なんですか？　この前のおじいさんといい、今回の娘さんといい。こ、こんな依頼ばかりで、ほんとに怖くないんですか？」

ふっと、お百は笑った。

「あのね、焦茶丸、一つだけ教えてあげるよ。この世で本当に怖いのは、死霊でも化け物でもない。生きた人間だよ。あたしのそばにいれば、否応《いやおう》なくそいつを見る羽目になるだろうよ」

どこか悲しげな声で言ったあと、お百は手ぬぐいで拾いあげたものを包み、懐にしまった。

「さて、つま先の感覚も戻ってきたことだし、そろそろ行くよ。こいつをいさご屋に届けに行かなきゃ」

いつもの声に戻りながら、お百は言った。

五十鈴町三丁目、小料理屋いさご屋。

佇まいこそ小さいが、料理、もてなし共に一流で、粋を好む客がひっきりなしに訪れる名店だ。

だが、今、店は閉まっていた。火が消えたように暗く静まり返り、深い悲しみと線香の匂いが満ちている。それも無理もないことだ。一人娘おいちの初七日が過ぎたばかりなのだから。

他に息子が二人いるいさご屋の主人夫妻だが、唯一の娘で末っ子のおいちのことは、掌中の珠のようにかわいがっていた。だからこそ、おいちの急死には打ちのめされていた。

橋から川に落ちての溺死。

亡骸はすぐに見つかり、手厚く葬ることができた。

だが、何日経とうと、胸に開いた大穴はふさがらず、夜は眠れず、食べ物はまったく味がしなかった。

そうして夫婦して生ける屍になりかけていた時、見慣れぬ女と子供が訪ねてきたのだ。眼帯をつけた女はお百と名乗った。「おいちさんのものを届けに来た」と言われ、夫婦はすぐに二人を家に上げた。

げっそりとやつれている父親佐平と母親おつぅの前に、お百は手ぬぐいに包んだものを置いた。

「これを。あなた達に渡すよう、おいちさんに頼まれましてね」

佐平もおつぅも、すぐには手をつけなかった。少し正気に返ったかのように、お百を見返した。

「失礼ですが、あなた、いつうちの娘と知り合ったのですか？　……その、お友達とは思えないのですが」

「もちろん友達なんかじゃありませんよ。おじょうさんに頼まれたんです。昨夜、うちを訪ねてきて、これを届けてほしいってね」

夫婦の表情がみるみる変わった。佐平は憤怒にかられて赤くなり、おつぅは逆に青ざめ、息も絶え絶えになる。

佐平はしわがれた声をしぼりだした。

「どういうつもりでそういう意地の悪いことをおっしゃる？　娘が亡くなっていると知った上で、そ、そういうことを言うんですか？　私達をもっと苦しめようというつもりですか？」

「違いますよ。……あたしは失せ物屋。人にはできぬ探し物を見出す商売をしているんです」

「ああ、そういうことか！」

佐平は吐き捨てた。泣きだす妻の肩を抱きながら、憎しみをこめてお百を睨みつけた。

「そうやって弱っている人の心につけこんで、金品を巻き上げるつもりだな。む、娘の霊に会ったと言って、私達の気を引くつもりだろうが、そうはいかん！　もう出て行ってくれ！　出て行かないなら、力尽くで追い出すぞ！」

立ちあがりかける佐平に、お百はさっと眼帯を外してみせた。現われた青い目に、佐平もおつうも息をのんだ。

気が抜けたようになる二人に、お百は静かに告げた。

「このとおり、人ならぬものを見る目を持って生まれてきましてね。安心してくださいよ。おじょうさんの霊を騙《かた》って、旦那さん達をだまくらかそうなんて、思っちゃいませんから。あたしは頼まれたことを果たしに来ただけ。それを見つけて、おとっつぁん達に見せてほしい。おじょうさんはそれだけを望んでいましたよ」

我に返ったように、おつうが前のめりになった。

「そ、それじゃ、あなた、ほんとにうちの娘と?」

「あい。会いましたし、話もしました」

「あ、あああっ!」

むせび泣きながら、おつうは震える手で手ぬぐいを開いた。とたん、ぎょっとしたように目を剝いた。

現われたのは、一本のかんざしだった。いかにも若い娘が好みそうな、可憐な花かんざし。だが、水に浸かっていたせいか、色は白茶けており、なにより大量の黒髪が巻きついていた。

艶のある長い髪。一本二本ではない。ごっそりと、ひとつかみほどはある。それが蛇のようにかんざしにからみついているのは、なにやらぞっとするものがあった。

穴の開くほど見たあと、おつうは弱々しくかぶりを振った。

「こ、これは……おいちのものじゃない。でも、どこかで見た気が……」

「……このかんざしを手に持った時、一瞬、皿が見えたんですよ。たくさんのお皿や器がね。何か思い当たることはありませんかえ？」

お百の言葉に、あっと、おつうの顔がさらに青ざめた。

「ち、近くに瀬戸物屋があるんです。そこの娘と、おいちは友達で……でも、あの日は……お、おいちが帰ってこなくて、捜した時に、あの子にも行方を尋ねたんです。で、でも、おいちとは今日は会っていないって……」

「賭けてもいいけど、そのおじょうさんの頭には禿《はげ》ができていることでしょうよ。

これだけの髪を引き抜かれちゃね」

「そ、それじゃ、あの子が……おいちを？　そんな……」

ぶるぶると、佐平も震えだした。その目に疑いと怒りがこみあげてくるのを見ながら、お百は静かに助言した。

「このかんざしをそのまま持っていって、そのおじょうさんに見せておやりなさい。きっと、秘密を打ち明けてくれるでしょうよ。とにかく、こちらの用はこれで終わりです。ここらでおいとまさせていただきますよ」

呆然としている夫妻を残し、お百は焦茶丸をつれて素早くいさご屋を出て行った。

長屋への帰り道、焦茶丸は気がかりそうに何度も後ろを振り返った。

「あのままにしてよかったんでしょうか？」

「いいんだよ、あれで。あとのことはあの二人にまかせればいいんだ。あたしらが口出しすることは何一つありゃしないよ」

「……おいら、かんざしを探してほしいのは、それがおいちさんにとって大事な宝物で、両親に形見として持っていてほしいからだと思ってました。でも、実際に見つかったかんざしはすごく嫌な感じがして……お百さんは最初から知っていたんですね？」

「まあ、見えちまったからね」

お百はぶっきらぼうに言った。

「おいちがやってきた時にわかった。あんな未練と怒りの色をまとっていりゃ、一目でわかる。殺されたんだって」

「……おいちさんを殺したのは、本当に瀬戸物屋の娘さんなんでしょうか？」

「たぶんね」

「……友達だったのに、なんで殺したんでしょう？」

「知るもんか。そんなことより早く帰るよ。帰ったら、すぐに湯を沸かしておくれ。足が冷えちまってしょうがないよ」

「……お百さん、最近、おいらをこき使いすぎじゃありませんか？」

「居候をこき使って何が悪い？　そらそら、もっと早く歩きな」

お百は焦茶丸を急き立てた。

その夜遅く、またしてもお百の部屋の戸が叩かれた。

怯える焦茶丸を尻目に、お百は戸を開けた。そこにいたのは拝み屋藤十郎だった。

相変わらず大切そうに人形を抱きながら、藤十郎はお百に笑いかけた。

「やあ、お百。さっき、あの娘が訪ねてきたよ。成仏できそうだからと、別れと礼を言いに来てくれたんだ。おとっつぁん達が下手人の娘をとっちめてくれたって、嬉しそうだったよ」

「ふん。あたしのとこじゃなくて、わざわざあんたのとこに礼を言いに行ったってわけかい？　ほんと気に入らない小娘だよ。いっちょ前に色気づいてさ」

「妬いてくれるのかい、お百？」

「あんたに妬くほど、あたしゃ女を捨てた覚えはないね」

「あいかわらず毒舌だな。面倒をかけたわびにと思って、せっかく酒を持ってきたのに」

「おっ！　そいつは遠慮なくいただくよ」

嬉しげに貧乏徳利を受けとったあと、お百は藤十郎にさりげなく尋ねた。

「なんでこうなっちまったのか、おいちはあんたに打ち明けたかい？」

「ああ。おいちと瀬戸物屋のおかやは幼なじみで、仲はいいが、何かと張り合ってきたそうだ。親の目の届かぬところでは、喧嘩もしょっちゅうしていたらしい。で、今回は豆腐屋の若旦那を巡って喧嘩になったそうだ。役者のようにきれいな若者らしくてね。どちらも夢中だったらしい。で、言い争いが高じて、橋の上でつかみあいをしたんだとさ」

「そして、おいちが橋から落ちた。その時に、おかやのかんざしを髪ごとむしりとった、と」

「そういうことらしい。本当に怖いことだ。年若い娘といえども、嫉妬というのはあなどれない。だから俺は、生きた女は抱きたくないんだよ」

にっこり笑ったあと、藤十郎は腕の中の人形に何かささやきながら、自分の住まいへと戻っていった。

自分も部屋に引っこんだお百は驚いた。焦茶丸が七輪を出して、めざしを焼き始めていたのだ。

「何してるんだい？」

「お酒もらったんなら、おつまみがいるかなと思って。すぐ焼けますよ」

「……いったい、どういう風の吹き回しだい？」

「おいら、わかったんです」

まじめくさった顔で、焦茶丸はお百を見た。

「おいらが止めると、お百さんは向きになって、余計にお酒をがぶがぶ飲むんだって。だったら、気持ちよく飲んでもらったほうが、酒代が少なくすみそうだって。だから、もう飲むなとは言いません。そのかわり、一日徳利一本にしておいてください」

「やだ！　せめて五本はつけとくれ！」

「多すぎます！」

「じゃ、四本で！　四本でがまんするから！」

必死でお百が粘った結果、一日の酒は二本、仕事で稼げた日は三本と決まったのであった。

四

その朝、いつものように朝餉の支度に取りかかった焦茶丸は、ふと違和感を覚えた。

ここ化け物長屋は常に静かだ。それなりに人は住んでいるはずなのに、その姿を見かけることはおろか、声や気配も滅多にしない。朝だろうが昼だろうが夜だろうが、墓場のように静まり返っている。

もちろん、近所づきあいもまったくなく、焦茶丸が見知っている他の長屋の住人と言ったら、拝み屋の藤十郎くらいだ。その藤十郎とも、幽霊娘の落とし物の一件以来、会ってはいない。

なのに、今朝は、長屋全体が妙にざわついている。眠りについていた亡者どもがいっせいに目覚めたかのようだ。そこここの部屋から緊張した匂いが漂ってくるのを、焦茶丸は嗅ぎ取っていた。

そして、普段と違うのはお百も同じであった。いつもはだらだらと布団にしがみついているというのに、今日に限って、焦茶丸が声をかける前に起きあがってきた。

おかしい。何かある。

お百の茶碗に飯をよそいながら、焦茶丸は恐る恐る尋ねた。

「なんだか今日は外が騒がしくないですか?」

「そりゃね。今日は月末だから」

「月末だと、何かあるんですか?」

「ああ。化け物長屋の住人にとっちゃね、月末は生きるか死ぬかの瀬戸際なんだよ」

「え?」

「大家が来るんだよ。家賃の集金に来るんだ」

茶碗を受けとりながら、お百はなんとも言えない笑みを浮かべた。

「今月は金があるから、あたしもこうして落ちついていられるけどね。なかったら、今頃、真っ青になって、なんとか金を工面しようと、必死で走り回っていただろうよ」

「……家賃、待ってもらえないんですか？」

「あの大家に、ちょっと待ってくれって言うのかい？　そんな勇気は、あたしにはないね」

お百はきっぱり言った。

「あたしだけじゃない。他の長屋連中だってないだろうね。決して怒らせちゃいけない相手だってことを、みんな、知ってるのさ。それが見抜けない阿呆《あほう》は早死にするだけさ」

「し、死ぬ？　それはいくらなんでも大袈裟すぎやしませんか？」

「見れば、あんただってわかるよ。ということで、あとで戸口の心張《しんば》り棒を外しといておくれ。金のない連中が、何人か訪ねてくるかもしれないから」

「まさか、か、貸してあげるんですか！　お百さんが、お、お金を他の人に？」

今度こそ仰天する焦茶丸に、お百はぬるい笑みを向けてきた。

「……あの大家が相手じゃ、店子《たなこ》も一致団結するしかないんだよ」

お百の言葉どおり、朝餉がすんでいくらもしないうちに、慌ただしく男が駆けこんできた。

いや、女だと、焦茶丸は思った。羽織っている半纏は派手な柄の女物だったし、紫色の女物の頭巾をかぶっていたからだ。

が、それにしては雰囲気が硬いし、手足も大きい。

やっぱり男なのだろうか。

顔を見ても、やはりよくわからなかった。鼻が低く、唇が薄く、のっぺりしていて、これといった特徴がいっさいない顔は、男にも女にも見えるし、どちらでもないようにも見える。

匂いを嗅いでも判断できなかった。たきしめた香で、体臭がかき消されてしまっていたからだ。

一方、訪問者は焦茶丸には目もくれなかった。

「お百ちゃん！」

高くも低くもない柔らかな声で叫ぶなり、不思議な人間はお百にとりすがった。

「ああ、お百ちゃん。悪いんだけど、家賃代、貸しておくれ。今度金が入ったら、返すから」

「わかった。一つ貸しだよ」

あっさり言って、お百はあらかじめ用意しておいた金を渡してやった。

「ありがとさん。やれ、これで助かった。恩に着るよ」

金をしっかりと握りしめ、不思議な人間はすばやく出て行った。

軽い足音が聞こえなくなったあと、焦茶丸はようやくお百に尋ねた。

「い、今の人……誰ですか？」

「役者崩れの猿丸《さるまる》だよ」

「あ、男ですか」

「さてね。男だか女だか、あたしは知らない」

「へ？」

「あいつはね、子供以外のなんにでも化けられるんだよ。あんな顔だけど、化粧をすれば、すごい美人にもなるし、いかつい侍にも化けられる。老婆だって、若いいなせな男だって、お手のものだ。……あんた、やつは何歳だと思う？」

「……三十そこそこくらいに見えましたけど？」

「やつは二十五年ほど前から、ここに住んでるそうだよ。その頃からまったく姿が変わっていない、いや、ころころと姿を変えているんだとか」

「じゃ、じゃあ、五十くらいなんですか？」

「それもわからない。もしかしたら七十近いかもしれない。そうだとしても、あたしゃ別に驚かないね」

「ひょえええ……」

本当にこの長屋にいるのは化け物達ばかりなのかと、焦茶丸は震えあがった。

だが、その化け物達にも恐れられているのが、大家なのだという。

いったいどんな人物なのかと、焦茶丸はわけもなく胸がどきどきしてきた。

大家は、昼前に姿を現わした。

屋根に上って路地を見張っていた焦茶丸は、すぐにそれに気づいた。その者達が路地に入ってきたとたん、一気に空気が変わったからだ。張り詰めた、ずーんと重たいものとなる。得体の知れない圧を感じ、しっぽまでびりびり痺れた。

見つからないよう、しっかりと身を潜めながら、焦茶丸は目だけでやってくる者達を追った。

長屋の路地に入ってきたのは三人。うち二人は若い男だった。ひどく大柄で、まるで力士のようにたくましい。無表情ないかつい顔は、鼻の形、目の大きさにいたるまで、そっくりだ。恐らく双子だろう。

だが、焦茶丸が目を吸いよせられたのは、真ん中にいる小さな老婆だった。黒縞の着物に赤い布を首元に粋に巻きつけ、銀の煙管《きせる》をくわえ、煙を吐き出しながらゆっくりと歩いている。背丈は双子の半分ほどしかなく、表情もごくごく穏やかだ。

だが、すさまじい圧を放っているのは、他ならぬこの老婆なのだ。これはただ者ではないと、焦茶丸はごくりとつばを飲みこんだ。

今まで、この世で一番怖いのは、癇癪《かんしゃく》を起こした女神だと思っていた。だが、この老婆からは、女神とはまた違う底知れなさをびしばしと感じる。

大きな双子を狛犬《こまいぬ》のように両脇に従え、大家は一軒ずつ部屋を巡りだした。戸を開け、中に入り、すぐにまた静かに出てくる。騒ぎは何もなかった。店子達はみんなきっちりと家賃を払っているようだ。

やがて、お百の番になった。

屋根に張りつくようにしながら、焦茶丸は耳を澄ませた。老婆にしては張りのある、だが深く響く声が聞こえてきた。

「おはよう、お百。いつもどおり、家賃をもらいに来たよ」

「おはようございます、大家さん」

返事をするお百の口調は、驚くほど丁寧だった。しとやかとさえ言ってよかったが、その声が緊張しているのを、焦茶丸は感じ取った。

「集金、いつもご苦労様です。今月の分、きっちり払わせていただきますよ」

ちゃりちゃりと、金の音がした。

「どれどれ。……ああ、ちゃんとあるね。うん。いいよ。こうでなくちゃ」

ふうっと、お百が息をつくのが聞こえ、屋根の上の焦茶丸も思わずつられて息をついた。だが、大家の次の言葉には、文字通り飛び上がりそうになってしまった。

「ところで、お百。最近小僧を一人、ここに置いているんだって？」

「お、大家さんの耳にも届いていましたか？」

「ふふ。縄張りのことで、あたしが知らないことなんてないんだよ。焦茶丸っていうそうじゃないか。表長屋のおかみ達の評判はいいよ。素直でかわいい子だってね。あんたのために、まめまめしく働いているそうじゃないか。そんな子、めったにいるもんじゃない。いったい、どこで拾ってきたんだい？」

「…………」

「まあ、家賃さえ払ってくれりゃ、誰を住まわせようがあんたの自由だ。こっちも根掘り葉掘りの野暮《やぼ》なまねはしないよ。ただね、人嫌いのあんたが珍しいこともあるもんだと思ってね」

「…………」

「そういや、あんた、少し顔つきがよくなったんじゃないかい？　ふふふ」

「お、大家さん」

「おっと。次に行かなくちゃ。じゃ、お百。また来月会おうね」

大家とお付きの双子が十分に遠ざかるまで、焦茶丸は屋根から動かなかった。ようやく下へ戻ったのは、ずいぶん経ってからだった。

部屋の中では、お百が少し放心したように座りこんでいた。大家との短いやりとりで、ごっそりと気力を使ってしまったようだ。

無理もないと、焦茶丸は思った。上から見ていただけで、あの迫力だ。あの老婆を目の前にしたら、まともに立っていられる自信がない。

お百のために、焦茶丸は水を一杯、汲《く》んでやった。お百はそれを飲み、ようやく人心地ついたようだ。やれやれと、肩を回しながら焦茶丸を見た。

「で？　どう思った？」

「す、すごかったです。……あれが、大家さんなんですね？」

「そうさ。ここら一帯を仕切っている鬼婆だよ。女閻魔《えんま》の銀子《ぎんこ》と呼ばれてる。あのばあさんに逆らったら、すぐさま地獄に叩き落とされるからね」

「なんかわかる気がします。あ、あの双子の用心棒、すごく強くて怖そうでしたもんね。大家さんの言葉一つで、相手をばらばらに引きちぎっちまいそうだ」

「……あんたの目って、けっこう節穴なんだね」

「え？」

「用心棒じゃないよ。あれは銀子ばあさんの孫ども。まだまだひよっこさ。色々と見聞するために、ばあさんのあとをひっついて回っているだけだよ。そもそも、あのばあさんに用心棒なんて必要ないんだ。……左の袖が膨らんでいたのを見なかったかい？」

「それは気づかなかったです」

「そうかい。あれはね、南蛮渡来の短筒《たんづつ》を忍ばせてるんだよ」

「短筒？」

「片手で撃てる鉄砲だ。異国の品で、火縄がなくても撃てるやつさ」

「……お、脅しで持ってるんですよね？　まさかそれ、本当に使ったりしてませんよね？」

お百は心底あきれた顔となった。

「あんた、あのばあさんを見て、まだそんな甘いこと言うのかい？　もちろん、ほんとに使うに決まってるじゃないか」

「み、見たことあるんですか、それ？」

あると、お百はうなずいた。

「いつぞや、半可通《はんかつう》の浪人がここに住みついたことがあってね。そいつ、何を勘違いしたのか、銀子ばあさんにたてついて、家賃を踏み倒そうとしたのさ。汚い声でわめきちらして、しかも、怯えさせようと思ったのか、刀を抜いてちらつかせてさ。あんな馬鹿は見たことがなかった」

「そ、それでどうなりました？」

「どうもこうも。ずどんと一発、喉を撃ち抜かれて、それきりさ。骸は孫どもがさっさと片づけて、血も何もきれいにぬぐいとっていった。ありゃ手慣れたもんだったよ」

「お、お役人は来なかったんですか？」

「来るもんかね。この化け物長屋で起きることには、役人はいっさい口も手も出さない。なんでもお目こぼしされるのさ。もしかしたら、銀子ばあさんと何か取り決めみたいなものが交わされているのかもしれないね。とにかく、浪人はきれいに片づけられて、で、翌月にはその部屋には新しい店子が入っていた。……女閻魔の異名は伊達《だて》じゃないってことさ」

ふええっと、焦茶丸は涙目となった。

「お、おいらのこと、大家さん知ってましたよぉ！　め、目をつけられちゃったんじゃないですか？」

「それについては平気だろうよ。自分で言ってただろう？　あたしが家賃を払うかぎり、誰を住まわせようと、あのばあさんは頓着しないよ。……化け物だろうが殺し屋だろうが、きちんと金を払いさえすれば、誰でも気持ちよく住まわせてくれる。あたしらのような者にとっちゃ、ありがたいお人というわけさ。……あたしも感謝してるよ」

焦茶丸は首をかしげた。お百の声に、それまでにない温かいものが混じるのを感じたのだ。

焦茶丸のまなざしを受け、お百はふっと笑った。見たこともないほど荒《すさ》んだ笑みだった。同時に、体からは病んだような臭いまで漂い出てきた。じわじわと闇をまとわせだしたお百に、焦茶丸はおののいた。

「お、お百さん?」

「あたしは十四から十八まで廓にいたんだ。親に叩き売られてね」

「親に……」

「金に困ってのことじゃないよ。あたしの二親、特に母親があたしのことを嫌ってね。どうしても追い払いたい。どこかで早々と死んでもらいたい。そう思って、女郎に落とすことにしたのさ。男になぶられ、変な病気をもらって、早死にすればいい。そう思ったんだろう。地元じゃなくて、わざわざ遠くの江戸の廓に売りとばしたのも、あたしの顔を二度と見たくない一心だったんだろうね。念の入ったことだよ」

「そ、そんなわけ……」

「あるはずないと思うのかい？　あんた、あたしが親にどんな目に遭わされてきたか、知らないだろう？」

　お百がまとう闇はますます濃くなっていき、焦茶丸は声が出せなくなった。

「とにかく、あたしは女郎になった。最初の一年は見習いで、翌年からは客をとらされるようになった。……物好きな客の中には、この左目を隠さないまま相手をしろと言ってくるやつもいた。そうすると、色々と見えちまうこともあってね。……あたしは見えたものをどんどん客に教えていった。気味悪がられたほうが客足が遠のくと思ってさ」

　確かに気味悪がられることもあった。だが、それ以上にお百の評判は広まった。失せ物の場所や、病の原因、自分を呪っている者の正体などを言い当てるお百は、いつしか女郎巫女《みこ》と呼ばれるようになり、託宣《たくせん》目当てにやってくる客も多くなっていったという。

そんなある日、お百の噂を聞きつけ、銀子が廓にやってきた。

「あのばあさんは風のようにやってきて、あっという間に見世と話をつけて、あたしを廓から出してくれた。で、化け物長屋のこの部屋に連れて来て、あたしに言ったんだ」

おまえの目は役に立つ。おまえの目は金になる。今日からはその目を使って、稼ぐんだよ。最初のうちは、客はあたしが見つけてきてやろう。まずは身請けに使った分を、しっかり稼いでもらうよ。わかったね？

じんわりと言われ、お百はうなずくしかなかったという。

「で、あたしは失せ物屋となったわけさ。身請けに使った金を返すまで、ずいぶんこき使われたけど、返し終える頃には、あたしの失せ物屋としての評判は広まっていた。おかげで、今はこうして食っていけている」

「お、大家さんはどうしてお百さんを助けてくれたんでしょう？」

「さてね。あたしにもわからない」

ふわりと笑うお百から、闇の気配がさあっと消えた。

「ほんの気まぐれだったのかもしれないし、こいつなら化け物長屋の店子になってくれそうだと、思ったからかもしれない。でも、どっちでもかまやしないよ。あのばあさんがあたしの恩人だってことに、変わりはないからね。廓から出してくれたことや、ここに住まわせてくれたことを言ってるんじゃないよ？　もちろん、それも感謝してるけどさ。あたしが一番ありがたかったのは、あのばあさんが教えてくれたことさ」

「教えてくれたって何を？」

「これだよ」

　とんとんと、お百は眼帯をつけた左目を指先で軽く叩いてみせた。

「この目は役に立つ。この目で稼いで食っていけ。そう言われた時、真っ暗闇の地獄に朝が来た気がしたよ。ぱあっと、目の前が明るく開けたんだ。……あの言葉がなかったら、今でもあたしは闇の中だったろうよ。……気まぐれだろうとなんだろうと、銀子ばあさんがあたしにくれたものは、実の親がくれたものより何倍も大きいのさ」

今でも銀子はそれとなくお百を助けてくれているという。客のつなぎを持ってくるのも、銀子の息のかかった者だ。

だが、あの威圧感はいただけないと、お百はこぼした。

「とにかく疲れた。月一のこととは言え、銀子ばあさんのあの顔を見ると、力という力を吸いとられちまう。……今日はもう店じまいだ。焦茶丸、酒の燗をしておくれ。ぬる燗でかまわないから」

「しかたないですねえ」

「おや、すぐうなずくなんて、珍しいじゃないか。どういう風の吹き回しだい？」

「別に。言っときますけど、今日だけですよ。明るいうちからお酒だなんて、ほんとはだめなんですからね」

今日はお百に優しくしてやりたい。

そんな気持ちとなった焦茶丸であった。

だが……。

家賃を払うという大仕事を終えて、ようやく一息ついたのも束の間、一人の客がお百のもとにやってきたのである。

五

突然やってきた客を、お百はじろじろと見た。

客が直接訪ねてくるというのは、なかなか珍しいことだ。たいていの堅気の人間は、化け物長屋に近づくのを嫌う。こんないかがわしい場所に出入りするところを人に見られたくないと、つなぎをつけて、自分の元にお百を呼びつけるのが常だ。

それをわざわざ訪ねてくるとは、酔狂《すいきょう》な人もいたものである。

客は、「歌太郎《うたたろう》」と名乗った。油問屋の主人で、歳は三十三だという。大柄で、ふっくらと肥えているが、品のいい優しげな顔立ちをしている。着ているものは派手ではないが上等で、物腰もいかにも育ちがよさそうだ。

だが、歌太郎と向き合ったとたん、お百のうなじがちりちりとした。何か普通とは違うものを、相手から感じ取ったのである。

見たところ、影や良からぬ気配をまとわせてはいない。こちらに対する敵意、侮蔑めいたものもない。男はただただ優しく微笑んでいる。人の良さそうな、好もしい笑顔だ。

だが、自分の直感を大事にしたほうがいいことを、お百はよく知っていた。さりげなく距離をとるようにしながら、用心深く切りだした。

「それで、探してほしいものとは？」

「はい。女を一人、探してきてほしいんです」

「女？　知り合いですか？」

「知り合いかもしれないし、そうでないかもしれない。ええい。もうはっきり打ち明けましょう。あたしにふさわしい嫁を、探して連れてきてほしいんですよ」

「嫁！」

お百と焦茶丸は思わず顔を見合わせた。

これはまたとびきり奇妙な依頼だ。家出した女房を捜してほしいというのなら、まだわかる。だが、嫁になる女を見つけてきてほしいとは。そういうことは、霊《れい》験《げん》あらたかな神社仏閣に願をかけに行くものではないだろうか。

あっけにとられてしまい、お百は声も出せなかった。

だが、歌太郎の顔は真剣だった。色白の肌に冷や汗をにじませながら、絞り出すように打ち明けだした。

「お恥ずかしい話、あたしが嫁取りをするのは次で四度目になります。これまで三度、祝言《しゅうげん》をあげました。でも……いえ、これも正直に申しあげましょう。あたしの母親がきつい女でしてね。嫁に来た女達につらく当たるんですよ。あたしがいさめると、今度は陰でねちねちといじめ抜く。それでみんな、すっかりまいってしまって……」

「離縁、となったわけですかえ？　三人とも？」

「最初の嫁は行方知れずになりました。二人目は気が触れて、実家に帰さざるを得なかった。三人目は……蔵で首をくくりました」

すさまじい話だった。焦茶丸は顔色を失い、お百ですら体の血が冷えるのを感じた。

「なんでそんな……嫁となる人達を憎むんですかえ?」

「嫉妬ですよ。かわいい息子をとられてしまうと思うと、嫁のことが憎らしくて、殺してやりたいとさえ思うそうです。母は……少し心がおかしいのです」

ぽたぽたと、男は涙を流し始めていた。

「母は苦労してあたしを一人前に育ててくれました。だから、あたしも、母のためならなんでもしてやりたいと、心を配っているつもりです。でも、嫁いびりだけは見逃せない。いっそ閉じこめてしまおうかと、何度も思いました。実際に座敷牢もこしらえましたが、どうしても母をそこに入れることができなくて……」

「…………」

「おっかさんと嫁、どちらも大切なのに。どちらも幸せにしたいのに、どうしてもうまくいかない。もういっそ、ずっと独り身でいようかとも思うんです。でも、あたしも人並みの幸せがほしい。女房と子に囲まれて暮らしたいんです」

お願いしますと、歌太郎はがばりと平伏した。

「嫁を見つけてきてください! 見てくれはどうでもいい。歳だって、あたしより年上でかまいません。しっかり者で、うちの母親にもびくともしないような性根の据わった人を、ぜひぜひ探し出してもらいたいんです」

「ちょ、ちょいとちょいと。うちは失せ物屋であって、縁結びの神様でも仲人でもないんですよ？」

「無理は百も承知です。でも、あたしはずっと嫁をなくしているんです。これは立派な失せ物だ。そうでしょう？　お願いします。もう、どこの仲人もあたしには縁談を持ってきてくれないんです。あなただけが頼りなんですよ」

血走った目ですがりつかれ、お百は困り果ててしまった。人の縁を見ようとしたことなど、これまで一度もない。この左目をもってしても、果たして見えるかどうかわからない。

だが、断ろうとするお百に、歌太郎は叫ぶように言った。

「も、もし、嫁を見つけてきてくれたら、礼金三十両！　三十両払います！」

ころり。

お百の心が音を立てて傾いた。

「やってみましょう」

鼻息も荒く引き受けたあと、お百は「髪をくれ」と歌太郎に言った。

「あたしの、髪ですか？」

「必要になりそうなのでね。数本でいいから、くださいよ」

「はあ、まあ、わかりました」

歌太郎は顔をしかめながら、鬢《びん》の髪を何本か引き抜いた。それを懐紙で受けとったあと、お百は今日のところは帰ってくれと頼んだ。

「もし、ふさわしい人を見つけられたら、こちらから連絡しますから」

「ど、どのくらいかかりそうですか？」

「さあ、何日かかるやら。なにしろ、あたしもこういう人探しは初めてなんでね。とにかく、力は尽くしますから。それまでは家でじっとしていてくださいよ。ここにはむやみやたらに近づかないこと。いいですね？」

言い含められ、歌太郎は不安げな顔をしながらも帰っていった。

男が帰ったのを確かめたあと、焦茶丸は怖い顔をしてお百に詰め寄った。

「どうして引き受けちゃったんですか？」

「なんだい。いつも仕事しろって言ってるくせに。こうして仕事を引き受けたのに、何が気に入らないって言うんだい？」

「だって、あの人の母親はひどい姑さんなんですよ？　そんな家に、またお嫁さんを送りこむなんて、気の毒だと思います」

「だけど、あの旦那がずっと独り身ってのも、気の毒な話じゃないか」

「……そんなこと言って、どうせ三十両目当てでしょう？」

「あんただって、千両箱の中身が増えるのに文句はないだろ？」

お百はがみがみと怒鳴り返した。

「大丈夫だよ。あの旦那が望んでいるとおりの、嫁いびりなんか笑い飛ばすような強い女を見つけりゃ、全ては丸くおさまるんだ」

「そんな人、いるかなぁ？」

「いるよ！　絶対にいるに決まってる！　そうじゃなきゃ困る！」

「……それで、その髪、どうするんですか？」

「こうして、いつも懐に入れておくのさ」

髪を包んだ懐紙を、お百は胸元に差しこんだ。

「あの旦那の一部を持っていることで、夫婦になるべき相手との縁が見えてくるかもしれないからね。明日からあちこち人通りの多いところを歩いてみるよ。とにかく女を見つけ出さなくちゃ」

三十両がかかっているのだからと、お百は奮い立った。


その夜、お百は夢を見た。

夢の中で、お百は深い水の中にいた。水はどこまでも青く、冷たくもなければ温かくもなく、耳の奥が痛くなるほど静かだった。

これはただの夢ではないと、お百は気づいた。

左目が何かを見せようとしている。

そこで、逆らうことは一切せずに、水に身をまかせた。するすると、吸いこまれるように体が底へと沈みだした。

やがて、部屋が見えてきた。障子はぴったりと閉じられ、中はまったくのぞけない。なのに、お百にはまざまざと部屋の内部が見えた。

大きな部屋だ。住んでいるのは女だと、すぐにわかった。衣桁《いこう》にはきれいな打ち掛けがかけられているし、見事な鏡台のそばには、何本もの櫛《くし》や笄《こうがい》が置いてある。花瓶には冬椿《ふゆつばき》が美しく生けられ、青い香炉からはほのかな煙が立ちのぼっている。その香の匂いすらもはっきりと嗅ぎ取れた。

間違いない。ここは女の部屋だ。

部屋の主はどこだと、お百は目をこらした。

畳の上では、何匹もの狆《ちん》が転げ回って遊んでいた。どれもよく太っている。きゃんきゃんという甲高い鳴き声が、うるさいほどに部屋に満ちている。

と、犬の鳴き声が急に消え、代わりに男の声が響いてきた。

「おっかさん……あたしはまた嫁を迎えるつもりでいますよ」

ぱんと、部屋の奥にある襖が音を立てて開いた。その向こうにはもう一つの部屋があり、そこは大きな蚊帳《かや》がしっかりと吊られ、薄暗い闇をたたえていた。

なぜ蚊帳など吊ってあるのだろうと、お百は首をかしげた。蚊などとっくにいない時期。雷も鳴ってはいないというのに。

蚊帳の奥はとにかく暗かった。真っ暗で、なにも見透かせない。それなのに、その闇の中に人がいるのがわかる。

一人はあの男、歌太郎だ。

それと向かい合っているのは女、赤い襦袢《じゅばん》だけをしどけなくまとった女だ。歳は若くない。だが、濃密な色気がある。肌には白粉《おしろい》を塗りこめており、唇には赤々と紅をさし、その髪も黒々としている。

歌太郎は相手の女を憎々しげに見ている。忌まわしいとすら思いつつ、抑えようのない慕情もまたにじませているのだ。

二人の姿はまったく見えないのに、どうしてこうもはっきりわかるのか。

お百の心臓が嫌な音を立てだした。

と、女の声が聞こえてきた。

「それがいいね、おまえ。でも、焦っちゃいけないよ。今度こそいい嫁を選ばないと。前のは全員が尻軽だった。あちこちの男に見境なく色目を使うような女は、もうこの家には入れないでおくれ」

「およしもお喜代《きよ》も志乃《しの》も、みんないい嫁でしたよ！　器量よしで働き者で、気立てもよくて。なのに、な、なのに！　三人とも、お、おっかさんがあたしから取り上げたんじゃないか！」

「ひどい！　ひどいことを言うじゃないか！」

よよよと、女が泣き崩れた。そのしぐさの一つ一つがなまめかしかった。

「大事に育てた一人息子から、こんなふうになじられる日が来るなんて。おっかさん、思ってもみなかったよ。ああ、なんて不幸なんだろうねぇ」

「不幸なのはあたしのほうだ！　来る嫁来る嫁、みんなおっかさんがいじめて狂わせる！　でも今度という今度は、おっかさんには手出しさせない。きっちり守り切ってみせますからね」

「あたしを締め出そうっていうのかい？」

ぎらりと、女の目が気味悪く光った。

「そうはいくものかね。あたしはおまえの母親ですよ？　おまえと添い遂げるのは、ちゃんとした女じゃなきゃいけない。それを見定めるのは母親のあたしの務めだもの」

「余計なお世話だ！　と、とにかく、今度来る嫁にはいっさい会わせない」

「……あたしを止めることなんて、おまえにできるわけがない。それはおまえだってよく知ってるはずですよ」

「うるさい！　う、うるさい！」

「ふふふ。おまえはおっかさんの子だもの。かわいいかわいい、おっかさんのぼうやだもの」

「やめろ！　もうやめてくれ！」

泣き声をあげる歌太郎に対し、女の声はますます粘っこく甘くなっていく。

二人のやりとりを聞いているお百は、どうにも胸が悪くなってきた。母と子の会話というより、男と女のからみあいを聞かされているようで、不快だ。

それにしても、どうしてだろう？

赤い襦袢の女がいて、歌太郎がいるのがわかる。歌太郎がおののいて身を震わせているのも、女がぬったりと勝ち誇った笑みを浮かべているのも、はっきりとわかる。

だが、どれほど目をこらそうと、二人の姿はいっこうに見えてこないのだ。

何かがおかしかった。

ある疑念が心に芽生え、むくむくと大きくなってきた。それを確かめるため、思いきって近づいてみることにした。

だが部屋の中に滑りこみ、あと少しで蚊帳の端に手が届きそうになった時だ。

ふいに、中にいる二人がお百に気づいた。

「見るな！　出て行け！」

雷鳴のように轟く声に、お百は木の葉のように吹き飛ばされた。蚊帳も、遊んでいた狆達の姿も、部屋そのものも、あっという間に離れていく。

そして、その勢いのままに眠りから弾き出された。

はっと飛び起きたお百の体は、びっしょりと汗で濡れていた。

翌日、お百は頭が痛いと言って、布団から出なかった。

その次の日も、体がだるいと、一日中寝転んだまま、煙草をくゆらせていた。

三十両を手に入れると、あれほど張り切っていたのが嘘のような姿に、焦茶丸は首をかしげた。

三日目はようやく起きてきたが、考え事にふけったまま、飯を食べるのも上の空だ。

我慢できなくなって、焦茶丸は声をかけた。

「どうしたんです、いったい？　ずっとぼんやりしちゃって。それに、これ、ほっぽりだしてあったけど、いいんですか？」

先ほど床から拾いあげたものを、焦茶丸は差しだした。依頼人の歌太郎の髪を入れてある紙包みだ。

だが、お百は受けとろうともしなかった。面倒くさそうにうっそりと言った。

「ああ、もういいんだよ、それは。三日続けて、同じ夢を見せられたからね。もういい加減嫌になっちまった」

「夢？　夢ってなんです？」

「…………」

「まあ、それはどうでもいいですけど。これ、花嫁探しに必要なんじゃなかったんですか？　これを懐に入れて、町を歩くって言っていたでしょ？」

「……行くのはやめた」

「じゃ、嫁候補、探さないんですか？」

「うん」

「それがいいと思います」

ほっとしたように焦茶丸は笑った。

「やっぱり危ないと思うもの。あの歌太郎って人には気の毒だけど、お姑さんが生きているかぎり、お嫁さんはもらわないほうがいいですよ」

「……いや、嫁取りはしてもらう」

「え？」

びっくりする焦茶丸に、お百は急に早口で命じた。

「あんた、ひとっ走りしてきておくれ。これからあの旦那のところに行ってね、こう伝えるんだ。お望みの相手が見つかりました。天涯孤独の身の上ゆえ、いつでも身一つで嫁げます。そちらのご都合のいい日に、お連れしますとね」

「ええええっ！」

焦茶丸は仰天した。

「そ、そんな嘘ついちゃって、いいんですか？」

「いいんだよ。嘘じゃないんだから。女はちゃんと連れて行くから、大丈夫なんだよ」

「……まさか、お百さん。じ、自分を花嫁にしようっていうんじゃないでしょうね？」

焦茶丸は今度は慌てだした。

「だ、だめですよ。確かにお百さんなら、嫁いじめなんか屁でもないだろうけど。でも、絶対やり返すでしょ？　百倍返しにして、姑さんをとっちめるでしょ？

そ、そんなことしたら、今度は姑さんが首をくっちゃいますよ！　ああ、だめだめ。やめたといたほうがいいですよ」

「勘違いもいいかげんにおし。あたしが嫁入りするなんて、いつ言った？　馬鹿なこと言ってないで、とっとと行ってきな！　深川油堀《ふかがわあぶらぼり》の油問屋、沢井屋《さわいや》だ。迷わないように行くんだよ。あと、しっぽは忘れずに隠しておいき」

「は、はい！」

　あたふたと焦茶丸は飛びだしていった。

　お百もそのあとを追うようにして外に出た。向かった先は三軒隣の部屋だ。

「猿丸！　猿丸、いるかい？」

　返事も待たずに戸を開けば、奥に猿丸がいた。艶やかな振り袖に着替えかけていた猿丸は、きゃっと飛び上がった。

「んもう、お百ちゃんったら！　そんなふうに飛びこんでこられたんじゃ、びっくりするじゃないの」

　数日前とは言葉づかいも声も違っていた。ずっと若く、華やいでいる。顔にきれいに化粧を施し、髷をおきゃんな形に結ったその姿は、恐ろしいことに、若い娘にしか見えなかった。

ちょうどいいと、お百は舌なめずりをした。

「あんた、いい格好でいるじゃないか。そのままの姿であたしに付き合っておくれ。この前貸した金は、それで帳消しにしてやるから」

「えっ！　む、無理よ。これからしばらく体が空かないんだから」

「なんだい。仕事かい？」

「そうなの。泊まり込みで、さる老舗問屋のご隠居様のところに行くことになってね。そのおじいちゃん、すっかり心が若返りしちゃってて。周りの女をみんな自分の許婚《いいなずけ》だと思って、そばから離したがらないんですって。だから、あたしがその許婚に化けて、しばらくそばにいることになったわけ。そうすれば少しは心が落ちつくだろうってことでね」

男にも女にも変幻自在に化けられる猿丸には、時としてこういう仕事が舞いこむのだ。すでに猿丸の心は娘になりきっているらしい。振り袖をまとい、しなしなど帯を締めていくしぐさは女そのものだ。

お百は舌打ちした。

「ちっ！　肝心な時に！　それじゃ……花嫁装束持ってただろ？　白無垢《しろむく》のやつ。あれを貸しとくれ。あと女物のかつらも一つ」

「……汚しちゃいやよ？」

「いいから、さっさとお出し！」

お百がすごい剣幕で怒鳴りつけたところ、猿丸は慌てて奥に置いてある行李《こうり》の中を探り始めた。


深川油堀。隅田川《すみだがわ》から生じる運河の一つ、十五間川の通称である。ここの河岸《かし》には油問屋が数多く並んでおり、それゆえに油堀と呼ばれて親しまれている。

歌太郎の店、沢井屋は、その中でもなかなか大きく、羽振りのいい様子だった。店の裏側には住居があり、蔵があり、さらには小さな離れまでが建てられている。

お百が沢井屋を訪れたのは、依頼を受けてから八日後、日がとっぷりと暮れ、人通りも途絶えた夜であった。こんな時刻の訪問ははなはだ常識はずれと言えようが、これが歌太郎の希望であった。

焦茶丸から「嫁になってくれる女が見つかった」と聞き、歌太郎はたいそう喜んだ。だが、祝言は内密にやりたいと望んだ。

「おっかさんには絶対気づかれたくないんです。それに……四度目の祝言というのはどうにも外聞が悪い。幸い、相手の人は身内がいないようだし、二人きりでひっそりと祝言をあげたいんですよ。そうですね。五日後の夜に、そちらに迎えの駕籠《かご》を二つやります。それに乗ってきてくださいい。あ、店の裏手に回ってくださいね」

歌太郎の希望に添い、お百達を乗せた駕籠は静かに沢井屋の裏口へと乗りつけた。

まず、お百が駕籠からおりた。

裏口の前にはすでに歌太郎が待っていた。紋付きの黒羽織をまとい、夜目にも白いおろしたての足袋《たび》をはいている。派手な祝言はできないけれど、花嫁を迎え入れる喜びをできるだけ示したい。その心遣いが見える装いだった。

なにより、歌太郎は嬉しげだった。色白の顔は上気し、期待に胸をときめかせている様子は少年のようだ。お百に礼を言う間も、その目はちらちらともう一つの駕籠へと注がれていた。

「それで……相手の人というのは?」

「はいはい。紹介させていただきますよ。ほら、おりていらっしゃいよ、お京《けい》ちゃん」

おずおずと駕籠からおりてきたのは、真っ白な打ち掛けをまとった若い娘だった。歳は十八にもなってはいないだろう。子供のように小柄で、化粧をした顔にもあどけなさが残っている。

歌太郎は目を見張った。

「驚いた。こんなに若いとは思わなかった」

「ええ。歳はまだ十六です。けど、しっかりしていますよ。幼い頃から苦労してきた子ですから。……この子がほしいのは、人らしい暮らしなんです。安心して眠れて、ちゃんと毎日ごはんが食べられる。それさえ守ってくれるなら、どんなことにも耐えられると、二つ返事で今回の話を受けてくれました」

「それなら大丈夫です」

歌太郎はきりりと顔を引き締めた。

「大事にするって約束しますよ。嫁は我が家の宝物です。それに、今度こそ……あたしも守り切るつもりですから」

「よかった。それを聞いて、あたしも安心しましたよ。これで旦那さんにこの子を引き渡せるってもんだ。……でも、その前に約束のものをいただきたいんですがね」

「あ、もちろんですよ」

重たい袱紗《ふくさ》包みが、お百の手に渡された。

今度こそお百はにっこりした。

「はいはい。けっこうですよ。それじゃ、末永くかわいがってやっておくんなさいまし。お京ちゃん、しっかりとね」

「お、お、お百さん……」

娘は心細そうにお百の袖をつかんだ。お百はやんわりとそれを外し、逆にその手を歌太郎の手へと導いた。

もう離さないとばかりに歌太郎に手を握られて、お京はますます怯えたように身を固くした。だが、その初《うぶ》な様子が、歌太郎は逆に気に入ったらしい。優しくささやきかけた。

「大丈夫だよ。お京さん。大事にするから。幸せにしてあげるから」

「ほらほら、旦那さんもこう言っているから大丈夫だよ。あんたはただ、旦那さんにまかせればいいだけだから。あ、邪魔者はここらで退散いたしますよ。あとはお二人でごゆっくり」

ちょっと下卑た笑みを浮かべながら、お百はふたたび駕籠に乗りこんだ。駕籠舁《か》き達は、すばやくお百と空の駕籠を運び去っていった。

呆然と立ちすくんでいるお京を、歌太郎は家の中へと連れこんだ。

家の中は静かで、人の気配がしなかった。きょろきょろするお京に、歌太郎は笑いながら打ち明けた。

「昨日から奉公人達に休みをやったんだよ。二日後の昼まではみんな戻らないだろう。それまで二人きりだ。さ、おいで。お京」

「あ、あい……」

「かわいいねぇ。こんなべっぴんさんが来てくれるなんて、夢のようだ。大事にする。大事にするからね」

甘いささやきを繰り返しながら、歌太郎は奥へ奥へとお京を引っぱっていった。

やがてたどりついた座敷には、二枚の座布団が並べられ、朱塗りの杯と祝いの角樽が置かれていた。

「とりあえず固めの杯を交わそうね。祝言だもの。そのくらいはきちんとやらないと。ほんとは花嫁衣装も用意しておいたんだけど、まさかそちらが着てきてくれるとは思わなかった」

「ご、ごめんなさい」

「あやまることなんてない。すごくきれいだ。かわいいよ、お京」

かわいいと言われるたびに、お京はいたたまれないように顔をうつむける。その恥じらう様子が、歌太郎の心をさらにくすぐった。

「おまえさんは本当に……まだまだ初《うぶ》なんだね。だが、それがあたしには嬉しいよ。これからはあたしがおまえさんを守ってあげるから。大丈夫だよ。なんにも心配はいらない」

「は、はい……」

「それじゃ、とにかくそこに座って。杯を交わそうね」

緊張が解けない様子であったが、お京は素直に杯を受け、紅をさした唇でそっと酒をすすった。

そして……。

ぱたりと、前のめりに倒れたのである。

それを見届けるなり、さっと歌太郎が立ちあがった。その目は異様なほどぎらついていた。

「大丈夫。すぐ目は覚めるから。これでいい。こうしないと危ないんだ。守らなきゃ。守らなくちゃね」

うわごとのようにつぶやきながら、歌太郎は小柄な花嫁を抱きあげた。そのまま足早に離れへと進んだ。

離れの納戸の落とし戸を開けると、そこには地下へと続く階段があり、その先は太い格子戸がはめられた部屋となっていた。

座敷牢だ。

牢の中には、色々な物が揃っていた。かわいらしい小物や布団、簞笥、小さな屛風《びょうぶ》の裏には便器までもが用意してある。

布団の上にお京を横たえると、歌太郎は羽織を脱ぎすて、自分もお京の横に寝そべった。動かぬお京の胸元を探りながら、熱くかすれた声でささやきかけた。

「大丈夫。あたし達はいい夫婦になれるよ。おまえはあたしのかわいい秘密の女房だ。おまえが来たことは誰も知らない。誰にも知らせない。だから安心して、あたしのものにおなり」

ふいごのような息をつきながら、挑みかかろうとした。

ここで、ぱちりと、お京が目を開いた。そればかりか、ばっと飛び起き、歌太郎の手をはねのけて逃げようとした。だが、牢の外には出られなかった。歌太郎がお京の着物の裾をつかんだからだ。

しっかりと手に力をこめながら、歌太郎も起きあがった。

「おやまあ。お京は眠り薬が効かないたちのようだねえ。こんなに早く目覚めるなんて、思わなかったよ」

「た、助けて！」

甲高い悲鳴に、歌太郎は微笑んだ。

「大丈夫だよ。ここなら声を出しても誰にも気づかれない。声が漏れることはないからね。おまえがこの家に来たことは秘密なんだ。誰にも知られちゃいけない。おっかさんが生きているうちは、ここに隠れていたほうが安全なんだよ。大丈夫。怖がらなくていい。だから、こっちにおいで。本当の夫婦になろうじゃないか」

「や、やだ！　やだやだ！　お百さん、た、助けてぇ！」

狭い部屋の中を逃げ惑うお京と、それを獣のように追い回す歌太郎。お京はなんとか格子戸の外に出て、階段を目指そうとするのだが、そうはさせじと、歌太郎はすばやく回りこむ。

ついに歌太郎がお京を組み伏せた。お京の口からたまぎるような悲鳴がほとばしった、まさにその時だ。

「そこまでだよ！」

勢いよく飛んできた香炉が、歌太郎の後頭部にがつんと命中した。

痛みにうめく歌太郎の体の下から、お京はばたばたと抜けだし、階段のほうへと向かった。

そこにお百が立っていた。眼帯を外し、青々と左目を光らせた姿には、殺気のようなものさえみなぎっている。

そのお百にしがみつき、お京はわんわん泣いた。

「わあああっ！　も、もうだめかと！　み、み、操《みさお》を奪われるかと、お、思いましたよぉぉぉ！」

「泣くんじゃないよ。男の子だろ？　尻の穴の一つや二つ、くれてやったところで、どうってことないじゃないか」

「冗談じゃない！　な、なんてこと言うんですか！」

「ははは｀っ！　怒る元気があるなら、もう大丈夫だね。ほら、もう泣きやみな。あと、そのかつらも取っておしまいよ。どうにもあんたらしくなくて、笑っちまう」

「お、お百さんが無理やりおいらに被せたんじゃないですか！」

ふらふらと立ちあがった歌太郎は、自分の花嫁がぱかりとかつらをはずし、ぽっちゃりとした男の子に変わるのを見て、目を丸くした。

「こ、子供……？」

「そうさ。あんたんところに使いに行った焦茶丸だよ」

「だ、だましたのか。あ、あたしを……どうして？」

「さてね。どうしてだと思う？」

「……………」

黙りこむ歌太郎を、お百は色の違う両目でじっと見つめた。静かだが、相手のはらわたをえぐるような鋭いまなざしだった。

「あんたを最初見た時、なんでかわからないけど、首筋がぞっとしたんだよ。しごくまともな男にしか見えないってのにね。だから、おかしいと思ってね。調べさせてもらうことにしたんだ。焦茶丸にはそのための時間稼ぎをしてもらってたのさ。おかげで色々と見つけたよ。ねえ、少し息をつきなよ。これから話さなきゃならないことが山ほどあるんだから。そうだね。まずは、あんたのおっかさんのことから話そうか」

歌太郎の顔色が変わるのもかまわず、お百はぺらぺらとしゃべった。

「先日、近所の人に聞いてまわったんだよ。お民《たみ》さんっていうんだってね、あんたのおっかさん。近所でも評判の美人だったけど、十年近く前に病を患って、顔かたちがすっかり変わっちまったって。それ以来、この離れに閉じこもって、人前に出ないそうじゃないか。性根もすっかりねじ曲がって、来る嫁来る嫁をいじめ抜く。あの明るくほがらかだったお人が変われば変わるものだと、みんな不思議がっていたよ」

「……それがなんだっていうんですか？」

「……あんたは新しい嫁のことを秘密にしておきたかったようだけど、お民さんは今夜のことを知ってるよ」

「な、なんだって！」

「そら、お民さん。出ておいでよ。あんたに会いたいんだ」

そう言いながら、お百は後ろ手に隠し持っていたものを、ばっと、歌太郎に向かって投げつけた。

それは白粉の入った小鉢と紅入れ、そして真っ赤な襦袢であった。

それらを見るなり、ふたたび歌太郎の形相が変わった。

「あ、あ、あああっ！」

なんとも言えない声をあげながら、歌太郎は女物の襦袢を身にまとった。手を使って白粉を顔に塗りたくり、唇に紅をなすりつける。

そうして異様な化粧をほどこすと、白く目を光らせながらわめきだした。

「出て行け！　ここから出て行け！　あたしの息子に近づくんじゃない！」

「あんたがお民さんかい？」

「そうですよ。よくもうちに勝手に入りこんだものね、この泥棒猫！　とっとと出ておいき！　おまえみたいな素性も知れない女を嫁にするなんて、許さない！　祝言なんか許すものか許すものか！　売女《ばいた》！　あばずれ！」

甲高い叫び声、嫉妬と悪意に満ちた目つきは、先ほどまでの歌太郎にはなかったものだ。あまりの変わりように、焦茶丸は腰を抜かしかけた。

だが、お百はたじろぎもせず、相手が叫び疲れるまで待ってから、静かに言った。

「そうやって、あんたは嫁達を責めたてたんだね、歌太郎さん」

「歌太郎？　あたしは歌太郎じゃありませんよ！」

「いいや、あんたは歌太郎だ。母親になりすましているけど、本当は歌太郎のまだ。いいかげん目を覚ましな！」

鞭を振るうがごとく、お百は鋭い声を放った。

だが、歌太郎は認めない。甲高い声のまま、お民になりきったまま、ののしり続ける。

業を煮やし、お百はぱちんと手を打ち合わせた。柏手のようなその音に、歌太郎はびくりとして黙りこんだ。

「往生際が悪いね。しかたない。……あたしはこの家で見るべきものは全部見た。あんたにもぜひ見てもらおうじゃないか」

何を言われているのかわからず、歌太郎は怪訝《けげん》な顔をした。その隙を突くようにして、お百がすばやく歌太郎へと近づいた。

そうして、がっちりと両手で歌太郎の顔をはさみこみ、男の目とまっすぐ目を合わせた。

爛々《らんらん》と左目を光らせながら、見ろと、お百は叫んだ。


さあ、見るんだよ、歌太郎！

ほら、あれ！　あの男の子があんただね？

父親の葬式を出したばかり。歳は十三くらいかい？　歳のわりに大きくて、横にいるおっかさんが逆に子供のようじゃないか。

目を背けるんじゃないよ。そんなまねをしたって無駄なんだから。

ふうん。なるほど。あんたのおっかさんは美人だね。﨟長《ろうた》けた美貌ってわけじゃないけど、いつまでも娘のような愛嬌と華を失わないかわいい女というやつだ。喪服を着てたって、あの色気は消せるもんじゃない。あれじゃ、再婚話がいくらでも持ちこまれるだろうよ。

だが、あんたのおっかさんはあんたがきちんと店を切り盛りできるようになるまで、縁談を断り続けた。

その甲斐あって、数年後、あんたは若くても立派に主としてやっていけるまでになった。ようやくおっかさんは肩の荷が下りたってわけだ。そうなると、自然と再婚話にも乗り気になってくる。

だが、あんたはそれが許せなかった。大好きな母親が自分から離れていこうとしているのが許せなくて、怒りに我を見失った。

ああ、ほらほら。ちゃんと見るんだよ。嫉妬に狂った男さながらに、母親に詰め寄る自分の姿を。そして、そのあとにしでかしたことも、今こそちゃんと見なくちゃいけない。

……ひどいことをしたもんだね。まさか母親だって、溺愛してきた息子に殺されるなんて、思ってもいなかっただろうよ。

違う？　そんなことするわけがないって？

ああ、そうだろう。正気のあんたなら、そんなまねはしなかったろうさ。

正気に戻った時、あんたは自分のしたことに耐えられなかった。だから、なかったことにしようと決めた。

まず離れを建て、母親の持ち物をそこに移し、あたかも母親が住んでいるかのように装った。周りの人達には、母親が容姿をひどく損ねる病にかかったと言って、近づけさせなかった。母親の食事は必ず自分の手で離れに運び、まめまめしく世話をしている様子を崩さなかった。

狆をたくさん飼った理由も、もう知ってるよ。母親用の食事を始末させるためだろう？

こずるい手をいくつも使って、あんたはじつにうまく立ち回った。おかげで、何年も誰も気づかなかった。醜くなってしまったゆえに心を病んだと言いふらせば、世間の人はまず疑わない。閉じこもるのも無理はないと、納得してくれるからね。

かわいそうなのはお民さんさ。息子に殺されたばかりか、きちんと埋葬もしてもらえず、油の中でとろとろと腐っていくなんて、なんて悲惨なことだろうね。

ああ、そのことも知ってるよ。

あんたは母親の亡骸を、油の甕《かめ》に入れたんだ。油に漬けこみ、蠟を使って封をしてしまえば、腐臭は漏れにくい。考えたものだよ。しかも、その甕を後生大事に離れに運びこんで、取っておくなんて。

ああ、そうさ。蚊帳の中を見せてもらったよ。あたしは心底あんたが怖いよ。

だが、あんたの狂気はその後も続いた。年ごろになったあんたには、当然縁談が持ちこまれるようになったからね。

嫁入りしてきたのはかわいい若い娘。どこか母親に似た愛らしさを持っていた。

そのせいか、あんたはずいぶん惚れこんだようだね。

しばらくの間は、夫婦仲睦まじく幸せに暮らしていた。だが、この嫁があんたの心の鬼をふたたび呼び覚まさせてしまった。

ほら、ごらん。あんたの嫁が笑ってる。お客の相手をして、たわいもない世間話でもしているんだろう。でも、それを見るあんたの目はどうだ。嫉妬で燃えてるじゃないか。

嫁が他の男に笑いかけるのが許せなかった。向かいの店の店主と挨拶を交わそうものなら、そいつと浮気しているんじゃないかという考えが頭から離れない。かわいさ余って憎さ百倍になったんだろう?

だが、女をなじるのは自分ではいけない。自分であってはならない。

あくまで優しい亭主でいたいあんたは、自分の嫉妬や憎しみをそっくり母親に引き受けさせることにした。

母親となっている時のあんたは、思う存分嫁達をののしり、折檻することができた。赤い襦袢を着て、白粉を塗りたくった顔で、尻軽、浮気者、とんだ淫乱だと、笑いながら女達をぶちのめす姿はどうだい？　ずいぶんと楽しそうじゃないか。

まったく、うまく使い分けたもんだよ。だが、そんな夫の仕打ちに、女達は耐えきれなかった。正気を失った二番目の嫁が一番ましだったかもしれないね。少なくとも命は助かったんだから。

なんのことだって？　さっき言っただろ？　蚊帳の中を見たって。

あの二つの甕。一つにはお民さんが入っていて、もう一つには行方不明だという最初の嫁が入っているんだろ？

あたしには見えたよ。あんたにも見せてやる。ほら、ごらん。どっちの甕も、恨みに燃えている。あの黒い焔を見て、それでも白を切ろうってのかい？　甕の内側が、血色の手形で覆われているのだって、今のあんたには見えるだろ？

さあ、これでわかったろう？

あんたはどうしようもないほど嫉妬深くて残忍なのさ。優しさなんて毛ほどもない。女を縛りつけ、閉じこめ、殴り、ののしるのが好きな男。自分が一人になることが怖くてたまらない、とんだ弱虫。殺した女達すら手放せず、甕に入れてそばに置いておくほど強欲なくせに、自分の悪事を受け入れられない小心者。

それがあんたなんだよ、歌太郎！

むーんとうめき声をあげて、歌太郎が仰向けにひっくり返った。口からは泡を噴き、白目をむいてしまっている。

死んだのかと、焦茶丸は息をのんだ。

「お、お百さん！」

「大丈夫だよ。気を失っただけだ。ずっと目を背け続けてきた自分の姿を、まともに見たんだ。心が耐えきれなかったんだろうさ。本当にろくでもない」

そう吐き捨てるお百の体は揺れていた。

左目を使いすぎたために、頭の奥が燃えるように熱く、じくじくと痛みだしていた。慌てて眼帯をつけても痛みはおさまらず、目の前がくらくらとする。右目のほうにも闇が迫ってきて、よく見えなくなりつつあった。

と、焦茶丸がお百の手を握ってきた。

「大丈夫ですか、お百さん？」

「……焦茶丸」

確かな感触に、お百は救われた心地となった。思わず握り返していた。

「あんた、夜目は利くかい？」

「そりゃもちろん。真っ暗闇も、昼間とそんなに変わらないです」

「よかった。それじゃ、あたしを家まで連れてっておくれ」

「合点承知です。あ、その前にこの花嫁衣装、脱いじゃっていいですか？　もう動きづらくって」

「いいけど、脱ぎ捨てていっちゃいけないよ。猿丸からの借り物だからね。かつらと一緒にきれいに返さないと、あたしが叱られちまう」

「はいはい。ちゃんと持って帰りますよ」

花嫁装束をすばやく脱いで丸めたあと、焦茶丸はかつらと一緒にたすきで自分の背中にくくりつけた。

「お待たせしました。じゃ、帰りましょうか？」

「ああ、そうしよう」

ここで、お百はもう一度後ろを振り返った。倒れたままの歌太郎に向かって、静かに告げた。

「嫁は見つけてやれなかったけど、あんたの本性は見つけてやったよ。これでやっと、本当の自分になれたんじゃないかい？」

焦茶丸に手を引かれ、お百は階段を上っていった。

そっと沢井屋を出て行く二人の姿を見た者は、誰一人いなかった。


油問屋沢井屋の主人歌太郎の死体が見つかったのは、翌々日のことだった。

自分の首に出刃包丁を突き刺しての自殺。そんなそぶりは毛ほども見られなかっただけに、皆が驚いた。

が、騒ぎとなったのはそのあとだ。歌太郎の死体の両脇にあった二つの大甕の中から、それぞれ白骨化した骸が見つかったのである。一緒に入っていた着物やかんざしから、歌太郎の母お民、最初の妻およしであろうことが判明した。

優しく穏やかで、奉公人からも慕われていた歌太郎が、母親、女房の骸を隠し持っていた。特に母親のほうは存命だと思われていただけに、衝撃は大きかった。

いつから死んでいた？

そもそも、どうして死んだ？

いや、きっと歌太郎が手にかけたに違いない。およしのほうも、きっとそうだ。そのことをずっと隠してきたけれど、ついに良心の呵責《かしゃく》に耐えきれなくて、それで自害したのだろう。

この事件は大々的に広まり、その後しばらく、噂好きな江戸っ子達の口にのぼらぬ日はなかった。

六

沢井屋事件からしばらくの間、失せ物屋お百は平穏な日々を送ることができた。

仕事の依頼はちょくちょくとあったが、いなくなった家猫を捜してほしいだの、女房に勝手に売り払われた春画を見つけてほしいだの、まあ、そこそこまともなものばかり。ぎょっとするような特異なものは一つもなく、したがって手に入る報酬もわずかであった。「普通の依頼って、お金にならないんですね」と、焦茶丸は思わずぼやいたほどだ。

「ねえ、お百さん……もう師走《しわす》ですよ？　あとひと月もしたら、新年になりますよ？」

「ん～？　だから、何だって言うんだい？　早めに餅つきの支度でもしろってのかい？」

「おいらが言いたいのは、もうじきお山でお神楽がおこなわれるってことです！

ここ数年、鱗は一枚も見つかっていないものだから、主様のお神楽もどうも振るわなくて。お山では年々、実りが少なくなってきているんです。来年こそ、主様にいいお神楽を舞っていただかないと、お山のもの達はほんとに困るんですよ！」

「ああ、そうかい。そりゃ気の毒にねえ」

鼻をほじくりながら、お百は気のない返事をしてきた。

「あたしもねえ、とっとと千両稼ぎたいところなんだけどねぇ。世間様がこうしみったれてちゃ、どうにもなりゃしない。……あんたが卵入りのうどんでもこしらえてくれたら、もうちっとやる気も出ると思うんだけどねえ」

「むきぃぃっ！」

ぷりぷり怒りながらも、焦茶丸はうどんの支度にとりかかった。だが、心が乱れていたせいだろう。葱《ねぎ》を切っていて、うっかり自分の指まで切ってしまった。傷は思いのほか深く、血が飛び散った。

「いたっ！」

痛みに悲鳴をあげたところ、すぐにお百が飛んできた。

「なにごとだい、大声上げて！　あ？」

ぽたぽた血をしたたらせている焦茶丸を見るなり、お百の目が吊りあがった。

「ああ、ああもう！　なにやってんだい！　気をつけなきゃだめじゃないか！」

「ふええ……」

「泣いてる場合かい！　ほら、この手ぬぐいで押さえておきな。確か、傷薬があったはずだ。人間用だけど、あんたにも効くかもしれない。ほらほら、とっととこっちにおいでったら。鈍くさいねえ」

がみがみと叱りながら、お百は軟膏をたっぷりと傷口に塗り、さらに新しい手ぬぐいを裂いたものでしっかりと縛ってくれた。

ようやく痛みが引いてきて、焦茶丸はほっとした。少しだけ、お百に感謝した。床が汚れるだの薬がもったいないだの、さんざん文句は言われたけれど、手当てをしてもらったことにかわりはない。

しばらくの間、「もっと働いてくださいよ！」と言うのは控えようと、焦茶丸は心に決めた。

だが……。

時はあれよあれよと過ぎていき、あっという間に師走も半ばまで来てしまった。そして、お百の千両箱は、あいかわらずすかすかだ。

これではいけないと、焦茶丸は焦った。

この調子では、お百の千両箱に小判が貯まるのは何十年も先のことになってしまう。それはつまり、この先何十年も、お百にこき使われるということだ。

ということは、この前の沢井屋でやらされたようなことも、またあるかもしれない。娘の格好をさせられ、男の前でしなを作れと、またお百に言いつけられるかもしれない。

「そ、そうなったら、おいらの操はいつか本当に……ひょ、ひょえええっ！」

思い浮かべただけで、しっぽの毛が全部抜け落ちてしまいそうな心地となった。それになにより、何十年も故郷に帰れないなど、考えたくもなかった。

ここに居ついて、一月半あまり。焦茶丸は山が恋しくてならなかった。

川のせせらぎ、苔の香りに満ちた木の洞の静寂、山の頂上から眺める星々の輝き。そういったものが、ここにはない。

帰りたい。お山に帰りたい。

そのためにも、なんとしても金を稼いでもらわなくてはと、焦茶丸はお百に駆け寄った。

「お百さん！　もう師走の半ばを過ぎちゃいましたよ！　一年の終わりももうじきです！　なのに、千両箱にあるのは、四十両だけ。これじゃだめです。こんなふうにお客を待っているだけじゃだめだと思うんです。外に行きましょう！　困っている人をこちらから見つけて、助けて、お礼をもらうようにするんです」

「ん〜？」

お百は気だるげに焦茶丸を見返してきた。

最近めっきり寒くなったためか、お百は小さな炬《こ》燵《たつ》で猫のように丸くなって、外に出たがらない。今も、炬燵に入ったまま、あくびまじりに答えた。

「やだ」

「やだって、なんでですか！」

「寒い。しんどい。面倒くさい」

「むきぃぃぃぃっ！」

「うるさいねぇ。そんなに言うなら、あんたが探してきとくれよ。金持ちで、困っている人をさ。あんたが仕事を見つけてきてくれたら、その時はあたしもがんばるから。ふ、ふぁあああ」

今度は大あくびだ。

焦茶丸はかっとなった。

「わかりました。それじゃ、おいらが仕事を見つけてきます」

「今から行くのかい？　あたしの昼飯は？」

「たまには自分で何かこしらえればいいでしょ？」

言い捨て、焦茶丸は外に飛び出していった。

師走の空はよく晴れており、はっとするようなきれいな水色をしている。風は冷たいが、おかげで身が引き締まるようだ。

かっかっと、頭から湯気を立てながら、焦茶丸は早足で通りを歩いて行った。心の中では、お百への恨み言をわめきちらしていた。

怠け者。強突く張り。飲兵衛。だらしないし、口も悪いし、本当にどうしようもない人間だ。よりにもよって、なんであんな人間に主様の鱗が宿ってしまったのだろう？　もっと素直で優しい人間であれば、気持ちよくこちらに返してくれただろうに。

いっそ無理やり奪いとってしまいたいが、自分にはその力はない。それがまた、焦茶丸には歯がゆく悔しいことだった。

結局、お百の望みどおり、千両貯めさせるのが一番の近道ということなのだろう。

焦茶丸は人の多い、大店ばかりが並んでいる通りへと向かった。

年末も間近ということもあって、通りは賑わっていた。来るべき新年を見すえ、誰もがなんとなく楽しげに、そして忙しげに歩を進めている。

その活気に満ちた人ごみを、焦茶丸は四苦八苦しながら歩いて行った。焦茶丸という名を与えられたことで、人界でもなんとか暮らせるようにはなった。それでも、やはりこうした雑踏は苦手だ。無数の人間の匂いと気配は、山にはなかったもの。毒気に当てられるように、体が疲れてきてしまう。

ふええっと、よろめいてしまった時だった。それまでになかった匂いが、鼻をくすぐってきた。

鉄さびのような濃い、独特の匂い。これは恐怖の匂いだ。

それに、粘っこい泥のような不安の匂いもする。

どちらの匂いも非常に強かった。一人や二人のものではない。何人もの人間が、何かを恐れ、おびえている。

何事だと、焦茶丸は思わず匂いをたどって、横道に入った。

大通りから一歩外れれば、そこは静かなものだった。通りに面した店々の裏側は、そのまま商人達の住まいとなっているからだ。

この界隈に店を構えるくらいだから、立派な家が多い。そのうちの一軒から、異常な緊迫感があふれてきていた。高い塀の向こうには、押し殺したような不自然な沈黙があった。だが、完全に静まり返っているわけではなく、すすり泣きも聞こえてくる。

名も聞こえた。

春吉《はるきち》。

春吉。

誰か亡くなったのだろうかと、焦茶丸が首をかしげた時だった。その家の裏木戸がぱっと開き、七つほどの女の子が飛びだしてきた。

奉公人ではなく、この家の娘なのだろう。かわいらしい着物を着て、髷もきちんと結っている。だが、その顔は涙でぐちゃぐちゃだった。そのせいで前もよく見えなかったのだろう。娘はどしんと、焦茶丸にぶつかってきた。

「うわっ!」

「ご、ごめんなさい!」

「だ、大丈夫。おいら、平気だよ。……そっちこそ、大丈夫?」

娘の顔がまたくしゃくしゃになった。鼻の先がさらに赤くなり、目からぼたぼた涙があふれだすのを見て、焦茶丸はわけもなく焦ってしまった。

「ちょっ！　な、泣かないで！」

「う、うわああああん！　ああああああっ！」

心の底からほとばしるような泣き声だった。同時に、悲しみと不安の匂いが一気に高まった。

鼻をふさがれるような匂いの強さに、焦茶丸はたじろいだ。

家の気配といい、この子の泣き方と匂いといい、これはただごとではない。

焦茶丸は娘を落ちつかせようと声をかけ続け、なんとか話を聞き出そうとした。

焦茶丸の辛抱強さに、娘はようやく少し泣きやんできた。ひくひくと、しゃくりあげながらも、秋音《あきね》と名乗った。歳は七つだという。三つ下の弟がいて、その弟が消えてしまったのだと、秋音は打ち明けた。

「消えたって、いつから？」

「一昨日から。お、おとっつぁん達も、おじいさま達も、か、か、かどわかされたんだって言ってる。かどわかしたやつは、お、お金がほしいんだろうって。だから、ずっと待ってるの。おっかさんなんて、全然眠らないで、待ってる」

子供をさらった下手人が、身代金の要求を突きつけてくるのを、家族はただ待っている。いつでも払えるよう、金を用意し、ひたすら子供の無事だけを祈りながら。

なるほど、濃厚な恐怖の匂いがするのも無理はない。

納得しかける焦茶丸に、秋音はすがりつくように言った。

「でも、あ、あたしは知ってる。春吉は蔵の中よ！　どこにも行くはずないの！　だ、だって、あたし見たんだもの！」

一昨日、秋音と春吉は家の中でかくれんぼをして遊んでいたという。

鬼になった秋音は二十数え終えてから、弟を探しにかかった。そして、外廊下を歩いていったところで、弟が中庭に建つ蔵の中に入っていくのを見たのである。

秋音はかっとなったという。隠れるのは家の中だけと決めたのに。決まりを破るなんて、許せなかった。

「だ、だから、ちょっとこらしめたくて。あ、あたし、蔵に近づいて、扉を閉めちゃったの。春吉には扉は重すぎるから、絶対出てこられないし、少しぐらい泣けばいいと思って」

秋音は笑いを嚙み殺し、そのまま蔵のそばを離れたという。

やがて昼餉の時刻になり、春吉がいないことに家族が気づいた。秋音はさりげなく「蔵のほうに行ったのを見た」と教えた。

だが……。

蔵の中に、春吉はいなかった。隅から隅まで捜したものの、四歳の男の子の姿は影も形もなかったのである。

もしかしたら、家の中に隠れているのかもしれないと、家族は今度は家中を捜し回った。

春吉。出ておいで。もうかくれんぼはおしまいだよ。春吉。春吉。

いくら呼んでも叫んでも、答える声は聞こえてこない。

ついには、奉公人達をも駆り出して、外へと捜索の範囲を広げた。だが、春吉を見かけた人は誰もいなかった。

これはもういたずらで隠れているのではない。迷子になったとも思えない。きっと身代金目的で、かどわかされたのだ。

真っ青になる両親に、家長の祖父が落ちつくように言った。

「金が目的なら、きっと春吉は無事だ。下手人も、小さな子供相手に手荒な真似はしないだろう。とにかく待とう。きっと連絡があるはずだ。それまでは役人にもこのことは知らせまい」

そうして一昼夜が経ったが、いまだなんの連絡もなく、春吉の行方はわからないままだ。

秋音は何度も訴えた。

春吉は蔵にいるはずなのだと。

もっとよく捜してみてほしいと。

だが、子供の言うことだからと、誰も信じてはくれなかった。

悔しくて、春吉のことが心配で、秋音はどうにかなってしまいそうな心地だった。自分のせいだという心苦しさもあった。

春吉を蔵に閉じこめたりしなければ、あのまま素直にかくれんぼを続けて、春吉を見つけていれば、こんなことにはならなかったかもしれないのに。

そうした思いに責めさいなまれ、また家にこもる空気があまりにも重苦しかったこともあり、秋音はたまらず外に逃げだした。そして、焦茶丸に出くわしたというわけだ。

「あたしのせい……あ、あたしが春吉をちゃんと見つけてさえいれば……あ、あの子にもしものことがあったら、ど、どうしよう！」

また泣きだした秋音の頭を、焦茶丸はそっと撫でてやった。

「大丈夫だよ。おいらね、物探しの名人を知っているんだ。さらわれたにしろ、迷子になったにしろ、その人ならきっと春吉ちゃんを見つけだせるよ」

「ほ、ほんとに？　そんな人、ほんとにいるの？」

「うん。ただし、ただじゃないんだ。お金を出さないと、何もしてくれない人なんだけど……」

「大丈夫！」

わらにもすがるような目をしながら、秋音は身を乗り出してきた。

「おとっつぁん達がお金を払うから！　春吉を見つけてくれたら、いっぱいいっぱいお礼をするから！　お願い！　その人に頼んでよ。弟を見つけて！　お願い！」

わかったと、焦茶丸はうなずいた。頭の中では、どうお百を炬燵から引っ張り出してくれようかと、考え始めていた。


寒い寒いと悪態をつきながらも、意外と素直にお百は炬燵から出てきた。いなくなったのが大店の子と聞いて、やる気になってくれたようだ。

とりあえず焦茶丸はほっとした。

幼い子供は弱い。しかもここ数日の冷えこみは相当なものだ。どこにいるにしろ、早く見つけ出してやらなければ。

秋音の待つ家へと案内する焦茶丸の足は、自然と速くなる。そんな焦茶丸に、お百はぴったりとついてきた。

歩きながら、お百は口を開いた。

「で、あんたはどう思うんだい？　その女の子の言うとおり、ほんとにまだ蔵の中にいると思うのかい？」

「わかりません。秋音ちゃんはそう思いこんでいるみたいで、嘘をついてる様子もないんですけど。でも、蔵の中は隅から隅まで捜したそうだし、いるはずはないと思います」

生きている人は消えないものだ。秋音は確かに蔵の中に弟を閉じこめた。だが、春吉はなんらかの手段を用いて、あるいは誰かの手によって、蔵を抜けだしたのだろう。

焦茶丸はそう思っていた。

が、お百の考えは違うようだった。お百は押し殺した声で言った。

「かどわかしや迷子以外にも、もう一つ考えられることがある。……神隠しだ」

「神隠し……」

忽然と人が消える神隠し。

魔のものに引っかけられたか、ある時偶然にも開いてしまった異界への穴に落ちてしまったか、天狗に見所のあるやつと連れ去られたか。

だとしたら、ただの人の手では救い出せない。ますますお百の力が必要だ。

「お百さんは……これまでに神隠しにあった人を捜してくれって、頼まれたことはありますか？」

「あったね。何度か。でも、どれも魔物や神のしわざではなかったよ。誰も知らない古井戸に落ちたとか、山の中で足を滑らせて川の流れに呑まれたとか、そういうので行方知れずになっていただけだった。……なんであれ、まだ生きててくれりゃいいんだけど」

生きてさえいれば、春吉を助け出せる。

お百の言葉に、焦茶丸は何度もうなずいた。

二人が家の裏手に回ってみたところ、裏木戸のところには秋音が待っていた。戻ってきた焦茶丸、そしてそのあとに続くお百を見て、秋音の目は星のようにきらめいた。

「よかった！　そ、その人がそうなの？　春吉を見つけてくれる人？」

「そうだよ。お百さんっていうんだよ」

「よ、よろしくお願いします！　どうかどうか、春吉を見つけてください！」

秋音はお百に必死で頭を下げてきた。お百は「やめとくれ」と、少し閉口した顔で言った。

「そんなふうに頭を下げられると、どうにも体のあちこちがもぞもぞする。それに時間も惜しい。とっとと捜させてもらうから、まず弟の持ち物を見せておくれ。あと、最後に姿を見たっていう蔵にも案内しておくれ」

「は、はい！」

秋音の手引きによって、お百と焦茶丸はその家の敷地に入った。

秋音はまず二人を蔵の前へと案内し、それから家の中にいったん入り、小さな手まりを持って戻ってきた。

「これ。弟のお気に入りなんです」

「どれどれ」

かぶっていた頭巾をかきわけ、眼帯を外したお百に、秋音はびくりと身を震わせた。青い目が現われるとは、思ってもいなかったのだろう。息を止め、まじまじと見つめる。だが、それでも逃げるそぶりは見せず、声をあげることもなかった。

それがお百は気に入ったらしい。かすかな笑みを浮かべながら、秋音の手から手まりを受けとった。

焦茶丸はせわしなく尋ねた。

「どうですか?」

「まあ、ちょいと待ちな。今、春吉って子の気配をきっちり見分けてるところだから。……ああ、これか。うん。よし。これでたどれる」

ありがとさんと、手まりを秋音に返したあと、お百は改めて蔵に向き直った。じっくりと見まわし、静かに言った。

「こりゃ秋音ちゃんの言うとおりかもしれないね」

「えっ?」

「春吉ぼうやはこの中にいるようだよ。入っていった痕跡ははっきり見えるのに、出て行ったあとが見当たらないもの。……うん。間違いなくこの中だ」

「は、春吉！」

お百の言葉に、秋音は飛びつくようにして蔵の扉を開けた。

重たい扉がぎぎぎと開き、ほこりと薄闇の匂いが中から放たれてきた。飛びこんでいこうとする秋音を止め、まずはお百が中に入った。用心深く足を進めていく。

大店の蔵とあって、大小様々な箱や行李が山ほどあった。中には子供が簡単に隠れられそうな大箱もあるが、お百はそれらを素通りして、奥へと進む。

そのあとについていった焦茶丸は、ふいにはっとした。

この匂い。この気配。ああ、まさか！

だが、焦茶丸が声をあげるより先に、お百が何かを見つけた。

「なんだい、これは？」

お百が目をとめたのは、床に無造作に置いてある壺だった。大人の頭ほどの大きさで、恐らく花瓶なのだろうが、歪で雑な作りをしている。職人の手によるものとは到底思えない。

だが、色はすばらしかった。壺にまんべんなくかけられた釉薬《ゆうやく》は、薄闇の中でもはっきりと浮かびあがる深い青色をたたえている。それは、お百の左目とまったく同じ色でもあった。

そのことに気づいているのかいないのか、とにかくお百はその壺から目が離せない様子だった。

「なんだか、妙だよ。左目の奥がじわじわ熱い。それに……春吉の気配はこの壺の前で途切れている。……おかしいね。まるでこの中に隠れているみたいじゃないか。そんなこと、できるはずもないのに」

つぶやきながら、吸いよせられるように壺に近づいていくお百。

だが、その時になってもまだ焦茶丸は声を出せなかった。あまりにも思いがけないことに、頭の中が真っ白になり、言葉につまってしまっていたのだ。

見つけた！　こんなところにもう一枚あったなんて！

春吉捜しのこともすっかり忘れ、ついに焦茶丸は声をあげた。

「主様です、お百さん！」

「なんだって？」

「だから主様ですよ！　鱗！　その壺の中にあるんです！」

「冗談だろ？」

「ほんとですって！　この気配は間違いないもの！　うわ、信じられない。このおいらが、二枚も見つけられるなんて！」

はしゃぐ焦茶丸の前で、どれどれと、お百が壺の中に手を突っこんだ。

次の瞬間、お百は消えた。

しゅるりと、壺に吸いこまれてしまったのである。

壺の中は、漆黒に満たされていた。

息はできるが、もったりと重く、まるで水の中にいるかのようだ。光はいっさいないが、中にあるものははっきりと見ることができた。

水の塊が泡のようにふわふわと漂って光っている。

菊や萩《はぎ》、牡丹《ぼたん》といった切り花も、あちこちに飛び散っている。

同じく壺に吸いこまれたのであろう、猫や鼠の姿もあった。だが、それらは全部死んでいて、からからに干からびていた。

時がないようなこの壺の世界でも、死というものはあるようだ。そんなところに堕ちてしまったことに、お百はぞっとした。

と同時に、激しく自分に腹が立った。

馬鹿馬鹿馬鹿！　怪しいとわかっていたのに！　妙な気配は山神の鱗のせいなのかと気を抜いて、不用意に手を突っこむなんて、まぬけもいいところだ。

体は自由に動かせるが、左目を駆使しても、出口らしきところは見当たらない。もしかしたら、中からは出られないのかもしれない。死体となった自分が闇の中に漂う姿が頭に浮かび、一瞬、我を忘れて叫びだしたくなった。

だが、そうするかわりに、お百は自分の腕を握り、ぎゅっと爪を食いこませた。痛かった。痛いということは、まだ生きているということだ。心臓は激しく脈打っているが、それもまた生きているあかし。この鼓動が消えるまで、あきらめてなるものか。

それに、まだ望みはある。外には焦茶丸がいるのだ。ただの小僧ではない。物の怪であり、お百の左目に宿る山神の鱗を欲している。お百を見捨てることはあっても、鱗をあきらめることは絶対にないはず。鱗を取り戻すために、手を尽くしてくれるはずだ。

今はそれが唯一にして最大の希望だった。

「頼んだよ、焦茶丸。鱗のためでいいから、とにかくあたしを助けておくれ」

つぶやいたあとで、少し苛ついた。

この自分が、誰かを頼みの綱としなくてはならないとは。しかも、相手は友でもなんでもない、ただの居候だというのに。

だが、ぐだぐだ考えていてもしかたないと、お百はすばやく気持ちを切り替えた。ここを抜けだす方法はとりあえず焦茶丸にまかせ、まずは自分にできることをしよう。

重たくからみつく闇をかきわけるようにして、お百は下へと潜り始めた。

いなくなったという子供、春吉。

きっとみんなにかわいがられ、大切に育てられてきた子なのだろう。手まりから見出した春吉の気配は、ほわほわとした黄色だった。

その黄色の気配が、か細い煙のように下から立ちのぼってきている。

いる。間違いなくこの下だ。

蔵に入った春吉は、奥にあった壺の青々とした色に魅了され、のぞきこんでしまったのだろう。そして、お百と同じように壺に呑まれたに違いない。

無事でいてくれと、お百は黄色い煙をたどっていった。

ついに、力なく漂っている小さな人影を見出した。急いで近づき、その手をつかんだ。子供の手はじっとりと冷たくて、お百は肝を冷やした。

だが、仰向けにして確かめたところ、息はしていた。

生きている。だが、このやつれようはなんだ？　体からこぼれる生気は弱々しく、肌は蠟のように青白く、閉じたまぶただけが赤く腫れ上がっている。まるで少し前まで泣いていたかのようだ。でも頰には涙のあとは残っていない。

目を覚まさない子供を、お百は両腕で抱きしめ、ゆさぶった。

「ちょいと！　春吉。あんた、春坊だろ？　起きな！　しっかりおし！」

お百の呼びかけに、春吉は一切反応しなかった。

かわりに、別のものが応えてきた。

「そんなすぐに死なせやしないよ。それじゃ楽しめないからね」

ざりざりとざらついた声は、人のものではなかった。

ばっと、お百は顔をあげた。

すぐ目の前に、周囲の漆黒とはまた違う、黒々としたものがいた。塊のようであり、霧のようでもある。形が定まったかと思えば、ぐにゃりと縮んだり、大きくなったり。

とりとめもないそいつには、目玉も口もなかった。だが、強烈なまなざしとこれ以上ないくらいの悪意を、お百に向けてくるのだ。

化け物だ。

つっと、冷たい汗がお百の背筋を流れていった。だが、弱気や怯えはいっさい顔には出さない。動かない子供をかばいながら、刺すように相手を睨みつけた。

「あんた、なんだい？」

「わからない。名前はないんだ。もっと力が弱くて、頭もぼうっとしていた頃に、この中に閉じこめられた。それからずっとここにいる。ここで大きく強く、賢くなっていったんだ」

「…………」

おそらく、これはもともとは雑鬼か名もない妖気の塊のようなものだったのだろうと、お百は見て取った。

非常に微弱な影のかけら。それが壺に吸いこまれた。

閉じこめられたとさえ思わなければ、壺の中の世界はすばらしいねぐらであったはずだ。ぬくぬくと安全である上に、時々、餌となるものも堕ちてくる。影は力をつけ、こうして化け物へと育っていったに違いない。

一方、ゆらゆらと、化け物は形ない体を嬉しげに震わせていた。

「おまえ、きれいだね。すごく力が強くて、うまそうだ。嬉しいな。すごい獲物が来てくれた。子供もよかったけど、おまえのほうがずっとずっといい」

しゅわっと、化け物の体がほぐれ、何本もの細い腕となって、お百に伸びてきた。

「近づくな！」

怒声を放ちながら、お百は勢いよく両手を打ち合わせた。生み出された音は、目に見えない刃となって、化け物の腕を切り落とした。

ほんの子供の頃から、お百は魔のものに目をつけられることが多かった。だから、自分の身を守るため、独自に追い払う技を編み出したのだ。

まず気迫。これが要だ。

決して自分に近づかせたくないという強い気持ちをかため、その上で、手を打ち鳴らす。音が刃になり、相手を切り裂くところを思い描いて。

たいていの魔物は、これで退散してくれた。

だが……。

今回はだめだった。衝撃を食らい、一度は霧散したものの、影は蝿の群れのようにまた集まってかたまったのだ。

愉快そうに影は笑った。

「ひゃあ、強い強い。外でそいつを食らっていたら、ばらばらになっていたに違いないよ。でも、残念。ここは俺の縄張りなんだ。今じゃ俺の胃袋同然だ」

「だからなんだってのさ！」

お百は怒鳴り返した。

「あんたの形が保てないよう、手を叩き続けりゃいいだけのことだ！　平気なようでも、ちゃんと痛みは感じているようじゃないか。これ以上痛めつけられたくなかったら、あたしにもこの子にも近づくんじゃない！　とっととどこかに行っちまいな！」

「ふふふ。気が強いところがまたいい。おまえのような強い女を泣かせるのは、きっとすごく楽しいだろうなぁ。おまえからしぼりとった涙は、とろけるようにうまいだろうなぁ」

びちゃりと、湿った舌なめずりの音がした。

だが、お百は笑ってしまった。

「あたしを泣かせる？　そんなことができると、本気で思ってるのかい？」

「難しくはないさ。確かにおまえは鋼みたいに固い心をしてるけど……俺は頭がいいから。近づかなくても、おまえを泣かせる方法はいくらでもある」

こんなのはどうだと、ふいに化け物の体が形を変えた。黒雲のように広がっていたのが、しゅっと小さく濃くまとまり、黒一色だった表面に様々な色が浮き上がる。

そうして、一人の女がそこに現われた。

若くはないものの、すっきりと垢抜けており、顔はまだまだ美しい。だが、表情は険しく、お百を睨みつけてくる目には毒があった。

そのまなざしを受け、お百は体が泡になって溶けていく気がした。理屈や意志ではどうにもならない恐怖が、体の奥底からこみあげてくる。

「こざかしいまねを……す、するじゃないか」

しぼりだした声も、自分のものとは思えないほど弱々しかった。

だめだ。恐怖に呑まれるな。これはあの人ではない。あの人はもう、自分を傷つけることはできない。傷つけられていた頃よりも、あたしはずっとずっと強くなったし、そもそもこれは偽者だ。化け物が化けているだけなのだ。

そう自分に言い聞かせても、体の震えを止めることはできない。

そんなお百をなぶるかのように、女が憎々しげな声をあびせかけてきた。

「お百度参りをしてようやく授かった子が、まさか化け物だったとはね。そうさ。おまえは化け物だよ。そんな目を持っている子が、あたし達の子であるもんか。どこかで取り違えられたんだ。ほんとの子は化け物がさらっていって、かわりに自分の子を残していったに違いないんだよ！　ああ、その目をこっちに向けるんじゃない！　見るな！　こっちを見るな、化け物め！」

次々とあびせかけられる言葉の一つ一つに、強烈な悪意があった。

お百は、時が巻き戻されていくのを感じた。心も体も縮み、怯えることしかできない幼い少女となる。

少女は涙をためながら、女に呼びかけた。

「おっかさん……」

お百は堕ちた。


焦茶丸は立ちすくんでしまっていた。

お百が消えた。壺の中に呑みこまれていってしまった。この目で見ていたというのに、信じられない。

血の気の引いた顔で、焦茶丸はうしろの秋音を振り返った。秋音の顔も真っ青だった。

「い、い、今の……」

「秋音ちゃんも、み、見たんだね？」

「うん。お、お百さんが……あの中に……」

やっぱり夢幻ではなかったか。

ため息をつく焦茶丸の前で、秋音はわなわなと震えだした。

「ど、どうしよう！　きっと春吉もあの中にいるのよ！　ああ、どうしよう！　わ、割ったら、二人とも出てきてくれるかな？」

「あっ！　だめだよ！　むやみに近づいたりしたら、それこそ二の舞になっちまうかもしれないよ！」

慌てて秋音を止めながら、焦茶丸は必死で考えた。

今のところ、自分達は無事でいる。壺に近づいたお百も、手を中に入れるまでは、なんともなかった。中に入ろうとするものだけを吸いこむということだろうか？

「あれはなんの壺なんだい、秋音ちゃん？」

「よ、よくは知らないの。ここにはあまり入らなかったし。で、でも、前におじいさまが教えてくれたことがある。ひいおじいさまは道楽で焼き物を作るのが好きだったって。下手くそで、どれもこれも使い物にならなかったけど、一つだけ、すごくきれいな青い壺を作ることができたって」

「青い壺……」

「そう。本当は黒い壺を作るはずだったのに、なぜかそれだけが青くなったって。でも、そ、その壺も、やっぱり使い物にならなかったそうよ。水を入れて花を生けても、いつの間にか水も花も消えてしまうって。ひいおばあさまが怒って、蔵にしまいこんでしまったって、おじいさまは笑いながら話してた」

むうっと、焦茶丸は黙りこんだ。頭の中では目まぐるしく考えていた。

秋音のひいおじいさまがこしらえた、一つだけ青く染まった壺。恐らく土に山神の鱗がまぎれこんでおり、気づかれぬまま練り上げられ、壺として焼き上げられたのだろう。

お百の目に宿った鱗が、常ならぬ力をお百に与えたように、この鱗も壺に力を与えた。あらゆるものを呑みこむようになったのも、それで説明がつく。

だが、これからどうしたものだろう?

壺を割れば、まず間違いなく中の鱗は取り出せる。安全で簡単なやり方だ。だが、中に吸いこまれたお百、それに春吉はどうなる? 壺を割ることで、無事に出てきてくれればいいが、はたして本当にそうなるかはわからない。わからない以上は、下手に手は出せない。

いや、この際、お百達のことはあきらめたらどうだろう？　かわりに、鱗が一枚、確実に手に入るのだ。それを持ってお山に帰れば、山神は喜んで焦茶丸を褒めてくれるはず。そして、おおいに張り切って、新年の神楽を舞ってくれるだろう。

そうなれば、荒れていたお山に緑が蘇る。草花が芽吹き、小川は川となり、獣や鳥もふたたび子を産み、育てるようになるだろう。お山に住むもの達のことを思えば、絶対に新年までに鱗を持ち帰ったほうがいい。

でも、そのためにお百と春吉を犠牲にしてしまえというのは、ちょっと筋が違う気がする。いやいや、ちょっと待て。そもそも、壺を割ったら、お百達が助からないと、誰が決めた？　割れば、むしろ二人が助かるかもしれないではないか。

様々な考えが浮かんできては、焦茶丸の心をかきむしり、引っかき傷をつけていく。胸がひりひりと痛み、目もくらんできた。

気づいた時、焦茶丸は壺に手をかけていた。

これを持ちあげて、下に叩きつければ……懐かしいお山に帰れる！

だが、手に力をこめかけた時、ふと指先が目に入った。指先には、癒えかけた傷があった。

この前、包丁で切ってしまった時の傷跡だと、焦茶丸は思い出した。

そしてもう一つ思い出した。この傷を手当てしてくれたのが、お百であったことを。

そうだ。焦茶丸を叱りつけながらも、お百はてきぱきと手当てをしてくれた。軟膏を塗ってくれたし、新しい手ぬぐいを惜しげもなく裂いて、傷を縛るのに使ってくれた。

そう言えば、あの日の夜は、外の飯屋に行ったっけ。「今日はどうしても軍鶏《しゃも》鍋を食べたい」と、お百がわがままを言ったから。だが、あれはもしかして、怪我した焦茶丸に夕餉の支度をさせないための、お百なりの気遣いだったのではないだろうか？

激しい焦りや突き上げられるような郷愁が、すうっとおさまるのを焦茶丸は感じた。

「お百さんを……助けなくちゃ」

心はしっかりと決まり、焦茶丸は後ろを振り返った。

そこでは秋音がうずくまり、弟の名を呼びながらすすり泣いていた。秋音を立たせ、焦茶丸はその顔をのぞきこんだ。

「秋音ちゃん、手伝って。二人を助けたいんだ！」

「ひ、ぐ。な、な、何をすれば、い、いいの？」

「まず縄がほしい。うんと長い縄を、どこかで見つけてきてほしいんだ」

焦茶丸の決意に奮い立たされたかのように、秋音はふいにしゃんとなった。

「わ、わかった。すぐ戻るから、待っててね」

秋音は蔵から飛びだしていき、ちゃんと長い縄を持って、戻ってきた。

「ありがと。これでいいよ」

蔵の柱に縄の端をしっかりと縛りつけたあと、焦茶丸はもう一方の端を自分の腰に巻きつけた。

秋音がようやく理解を示した。

「い、命綱ね？」

「そうだよ。……おいら、これから壺の中に入るから。秋音ちゃんはここで待ってて」

「あ、あたしも一緒に行ったほうがいいんじゃない？」

「だめだよ。ここにいてほしいのは、この縄を見ててほしいからなんだよ。もし、縄が切れたりしたら……新しい縄を持ってきて、壺の中に投げこんでほしい。おいら達がそれを伝わって、戻ってこられるように。大事な役目だよ。やってくれるね？」

わかったと、秋音はうなずいた。

両手で綱をつかみながら、焦茶丸はそうっと足先を青い壺へと差し入れた。

まばたきする暇もなく、なんの感覚もないまま、焦茶丸は呑まれた。

もはや蔵も壺も、秋音の姿も見えなくなっていた。あるのは暗闇と、そこに漂うごみのようなものだ。だが、腰の綱はちゃんと上へとつながっている。綱を伝わっていけば、出られるだろう。

ひとまず安心し、焦茶丸はお百と春吉を捜すことにした。

よどんだ生ぬるい空気を吸いこめば、嗅ぎ慣れた匂いが鼻にすべりこんできた。お百だ。それにもう一人分、秋音とよく似た匂いがする。これが春吉の匂いだろう。二人とも近くにいるようだ。

綱の長さが十分にあったこともあり、焦茶丸はすぐに匂いをたどって、闇の中を泳ぎだした。

ほどなく子供が見つかった。幼い小さな体が、死んだ魚のように浮かんでいる。そのすぐそばに、お百がいた。こちらは闇にからみつかれ、蜘蛛《くも》の巣にかかった羽虫のごとく、ひくひくと悶えていた。

それだけでも息が止まりそうになった焦茶丸だったが、さらに打ちのめされるような衝撃を覚えた。

あのお百が泣いていたのである。それも普通の泣き方ではない。子供のように泣きじゃくっている。その目からは気丈な光が失われ、ただただ怯え、涙をあふれさせている。

そして、お百を背後からかき抱いている影は、それをぴちゃぴちゃと舐め取っては、歓喜の声をあげているのだ。

虫酸が走るようなおぞましい光景であった。

だが、驚きはすぐに収まり、怒りが焦茶丸の体の中ではじけた。お百が泣いていることに、自分でも驚くような義憤にかられたのだ。

「うわあああああっ！」

叫び声をあげ、焦茶丸は飛びかかっていった。お百をからめとらえている影に飛びつき、手でかきむしり、殴り、蹴り、噛みついた。いつの間にか変化が解け、子狸の姿に戻っていたが、それすらも気づかなかった。

殴っても体当たりしても、手応えはなかった。だが、焦茶丸の怒りと気迫に、影は苦痛を感じたようだ。ようやくお百の体から離れ、わらわらと霞のように散りながら、後ろへと下がった。

それを睨みつけながら、焦茶丸はお百にとりすがった。

「お百さん！　し、しっかりして！　起きてください！」

ゆさぶったところ、お百が焦茶丸を見た。と、新たな涙をほとばしらせた。

「やめて！　ごめんなさい！」

「お、お百さん？」

青い左目を隠すように手で押さえて、おびえてあとずさりをする姿に、焦茶丸はびっくりした。だが、お百には焦茶丸がわからぬようだ。ぶるぶる震えながら叫び続ける。

「もう言わないから！　変なものが見えても、見えないふりをするから！　でも、ほんとにあたしじゃないの。それだけはわかって、おっかさん！　あたしがやらせてるんじゃない。あたしは見えるだけ！　だから怒らないで！　ぶ、ぶたないで！　……ごめんなさいごめんなさい！　気持ち悪くて、ごめんなさい！　普通の子じゃなくて、ごめんなさい！　……やだやだ！　やめて！　やめてぇ！」

胸をうがつような悲痛な声だった。

耳をふさぎたくなるような、悲しい言葉の数々だった。

親に廓に売られ、女郎にされたことは知っていた。だが、それだけではなかった。そこに至るまでにも、お百は身も心もずたずたにされてきたのだ。

お百の過去を垣間見た焦茶丸は、お百と同じように震えだした。

なんと苦しい。

なんと悲しい。

震えている焦茶丸に、ふたたび形を取り始めた影がささやいてきた。

「返せよ。なあ、それ、俺のものだよ？　返してくれ。うまいんだ。この女の涙ほどうまいものは食ったことがない」

「お百さんに、な、何をしたんだ！」

「幻を見せた。この女が絶対に見たくないもの、絶対に思い出したくないものを。この女は強い。本当に強い。でも、心は傷だらけだ。ちょっとひっかけば、すぐに真っ赤な血が噴き出してくる。ふふふ。あっけなく術にかかったよ」

「お、おまえっ！」

「おまえにも見せてやろうか？　なあ、狸？　見せてやろうか？」

ゆらりと、影が広がりだした。

焦茶丸は慌てて目をそらした。自分まで術にかかるわけにはいかない。あいつが仕掛けてくる前に、お百を目覚めさせなければ。

だが、考える暇はほとんどなかった。影が迫ってきている。

焦った焦茶丸はお百の手をとった。

「ごめんなさい、お百さん！」

がぶりと、お百の手に思いきり噛みついた。

小さな尖った牙は柔らかな肉に易々と食いこみ、すぐに血が口の中に流れこんできた。濃い血の味に、焦茶丸はわけもなく涙が出そうになった。だが、さらにさらにと顎の力をこめていった。

「い、痛い！」

お百がうめいて、こちらを見た。夢から覚めた時のように、しばしばとまばたきをし、それからようやく口を開いた。

「焦茶丸……？」

「お百さん！　しょ、正気に戻りましたか！」

「正気って、なんの……あっ！」

迫ってくる影を見るなり、お百の目がめらめらと燃えあがった。

「近づくんじゃないよ、この糞野郎！」

叫びながら、お百は柏手を打った。音を食らって、影が霧散する。

「やった！」

焦茶丸は思わず声をあげてしまった。影をやっつけたことにではない。お百が戻ったことに喜んだのだ。

張りのある声。しとやかさのかけらもない口調。全身にみなぎる気は激しく、怒った猫のように荒々しい。

だが、これがお百だ。

いつものお百が戻ってきたと、焦茶丸は嬉しくてぶんぶんとしっぽを振り回した。だが、お百は冷静だった。

「喜ぶのはまだ早いよ。やつはすぐに元に戻る。さっさとここを出るよ！　焦茶丸、案内しな！」

そばにいた春吉を背負い上げながら、お百は言った。

そのあとは、ひたすら走らねばならなかった。泥のように重い空気を、手足でかきわけて縄をたどる。

影に追いつかれそうになるたびに、お百は柏手とののしりを浴びせかけて撃退した。その姿が頼もしくて、焦茶丸は笑った。お百はやはりこうでなければと思った。

そうしてようやく縄の端までやってきた。縄は闇に溶けこみ、途切れてしまっていた。が、引っぱれば、しっかりとした手応えがあった。

まだつながっている。この先が出口だ。

焦茶丸とお百は縄が消えている先へと、身を投げだした。

ぬるんと、闇が破れた。

次の瞬間、焦茶丸とお百、それに春吉は折り重なるようにして、堅い床の上に放り出されていた。

蔵の中に戻ったのだ。

秋音が目を丸くして駆け寄ってきた。

「ああ、春吉！　よ、よかった！　見つかったのね！　春吉！　春吉！」

秋音には弟しか目に入らない様子だった。おかげで焦茶丸は狸の姿を見られることもなく、すばやく人の姿に変化することができた。

だが、息をつく暇もなく、不穏な気配がたちのぼってきた。

振り向けば、壺の縁から、こぽこぽと黒いものがこぼれだしていた。焦茶丸達と同様に、影もまた縄を伝わって、こちらに出てこようとしているらしい。

「こんちくしょう！」

裾がまくりあがるのもかまわず、お百が思いきり壺を蹴飛ばした。壺は宙を舞い、壁に激しく叩きつけられ、粉々となった。

ひいいぃっ。

か細い声と共に、先にこぼれていた黒いものはみるみる薄れて消えていった。

終わった。助かった。

焦茶丸は息をついた。

壺という器を壊されたことで、中にいた影は存在できなくなったようだ。お百と春吉が閉じこめられている時に、壺を割っていたら、どうなっていたことか。そうならないで、本当によかった。

心の底からほっとしながら、焦茶丸はお百を見た。お百はよろよろとへたりこむところだった。

「だ、大丈夫ですか、お百さん?」

「平気だよ。ちょっと疲れただけさ。少し休めばすぐ動けるようになる。……あんたはどうなんだい?」

「お、おいらは平気です」

「じゃ、あんたにはもう一働きしてもらうよ。秋音ちゃんも、これからあたしが言うことをよく お聞き」

これからどうするべきかを、お百は手早く説明した。

焦茶丸と秋音は、春吉をつれていったん裏木戸から外に出た。そうして表口のほうへ回れば、すぐに奉公人達がこちらに気づいた。

春吉ぼっちゃんが戻ってきたという叫びに、奥から家族が飛びだしてきた。

春吉は怪我一つしておらず、すでに目も覚ましていた。が、まだぼんやりとしており、壺に吸いこまれたことも、中にいた影に涙をすすられていたことも、思い出せない様子だった。

どこで見つけたと聞かれ、焦茶丸はお百に教えられたとおりに答えた。

「四町先の空き地の、涸《か》れ井戸の中にいたんです。おいら一人で引っ張り上げられたけど、頭を打ったのか、少し物忘れを起こしているみたいで。どこの家の子か、はっきり思い出せないみたいでした。で、あちこち連れて歩けば、何か思い出せるかなと思って、一緒に道を歩いていたら、秋音ちゃんが気づいてくれたんです」

焦茶丸の作り話を、大人達はあっけないほど信じてくれた。焦茶丸が子供であったこともあり、かどわかしの下手人ではないかと疑われることもなかった。

山ほど感謝の言葉を受け、さらには謝礼の金子ももらったあと、焦茶丸はようやく店から出ることができた。

外の横道では、お百が待っていてくれた。戻ってきた焦茶丸に、お百は開口一番「金はもらえたかい？」と聞いてきた。もうすっかり元通りだなと思いながら、焦茶丸は黙って袱紗包みを渡した。

重みを確かめ、お百はにやりとした。

「この重さからして、二十両は入ってそうだね。さすがは大店だ。気前がいいじゃないか。よし、じゃ、帰ろうか」

袱紗包みを懐に入れ、お百はくいっと首を傾けた。

帰り道、焦茶丸もお百もほとんど無言だった。しかし焦茶丸はちらちらとお百をうかがわずにはいられなかった。お百の左手には手ぬぐいが巻かれており、血がにじんでいる。それを見ると、胸が痛んだ。

ついに我慢できなくなり、そっと尋ねた。

「その手……痛みますか？」

「ああ、痛いよ。それはもう、ずきずきしてたまらないよ。穴が八つも開いちまってんだから、当たり前だろ？」

「…………」

「……でも、おかげで助かった。ありがとさん」

ぶっきらぼうに礼を言われ、焦茶丸は笑った。じつにお百らしいと思ったのだ。

と、お百が足を止め、こちらを振り返ってきた。笑っていたが、口元はどことなくこわばっており、目も探るような光を宿している。

何か言いたいことがあるらしいと、焦茶丸は察した。

「なんですか？」

「いやね……あんたがあたしを見つけた時なんだけど……あたし、何か言っていたかい？」

「いえ、何も」

焦茶丸は即答した。自分が見聞きしたものを、お百に教えるつもりはなかった。

「おいらがたどりついた時、ちょうど影がお百さんに飛びかかるところでした。

お百さんはただぼうっとして、突っ立っているだけでしたよ」

「そうかい」

今度こそ、お百の顔からこわばりが消えた。

「ならいいんだ。いや、別になんでもないよ。あ、そうだ。あんたに渡すものがあるんだった」

そらっと、お百は小さなものを投げてきた。

手で受け止めた焦茶丸は、はっとした。

青く光る薄いかけら。山神の鱗だ。

「こ、これ……」

「おっと。あたしのじゃないよ。あの壺に練りこまれてたやつさ。あんた達が蔵を出たあと、壺のかけらを探ってみたら、出てきたんだよ」

「これのこと、すっかり、わ、忘れてました」

「そうだと思ったさ。あんたも相当なうっかり者だね。まあ、よかったじゃないか。これで山神様に元気よくお神楽を舞っていただけるだろうよ。これで山に帰れるよ。……ずっと帰りたかったんだろ？」

「し、知っていたんですか？」

「そりゃあね。寝言であれだけ、帰りたい帰りたい、って言われちゃね」

焦茶丸は顔を赤らめた。

「……おいら、そんな寝言を？」

「ああ、毎晩のようにね。あたしもあれにはまいっててねえ。だから、あんたには早く山に帰ってもらいたいんだよ。鱗は一枚手に入れられたんだし、面目《めんぼく》は十分に立つだろう？　さ、帰りな」

優しく言われ、焦茶丸はまじまじとお百を見返した。今日の一件のせいか、お百を見る目が変わってきていた。

失せ物屋として生きていこうと腹をくくるまで、お百は幾多のむごたらしい仕打ち、残酷な言葉の数々を受けてきたようだ。時には絶望し、地べたを這いずるような惨めさにも何度も打ちのめされたことだろう。

だが、それでもなおたくましく生きている。

そう思うと、お百の短所までが愛おしく思えた。

銭に汚いのは、生涯一人で生き抜いていく覚悟だから。

酒ばかりほしがるのは、酒が温もりと忘却を与えてくれるから。

強くて、激しくて、哀しくて、わずかだがかわいいところも残っている女に、焦茶丸は急に愛着を感じた。あれほど別れたいと思っていたのに、いざ別れるとなると、なにやら心残りだ。

だが、山神が待っている。お山が自分を呼んでいるのを感じる。

焦茶丸は鱗を握りしめ、ぺこりとお百に頭をさげた。

「お世話になりました。あ、おいらがいなくなったからって、無駄遣いしないようにしてくださいよ。特に、お酒はほどほどに。体を悪くしちゃいますから」

「最後まで口うるさいやつだね。いいから行っちまいな」

ししっと、手を振られ、焦茶丸は笑いながら変化を解いた。

そのまま一陣の風となって、懐かしいお山に向かって走りだした。

エピローグ

その年の大晦日を、お百は豪勢に過ごすことにした。

壺に呑まれた子を助けたおかげで、懐は十分すぎるほど温かい。あちこちの料理屋でうまいものを仕入れ、酒も餅もどっさり買いこんだ。

そうして大晦日の二日前から、ぬくぬくと炬燵に入り、手酌で酒を飲み、好きなようにごちそうをつまみだした。その姿は、早くも正月を迎えたかのようだった。

が、そんな贅沢をしているというのに、なぜか気が晴れなかった。飲んでも食べても、何か物足りない。狭いはずの部屋がやたら広く寒々しく感じられ、酒の温もりも冷めていくばかり。

そうすると、腹立たしいことだが、焦茶丸の声があちこちから立ちのぼってくるのだ。

「飲みすぎですよ！」

「あ、もう！　炬燵で寝ないでくださいよ！」

「ねえ、お百さん。脱いだものくらい、きちんと畳むか、掛けるかしましょうよ」

　この現象を、お百は焦茶丸の祟りと呼んでいた。

焦茶丸が山に帰ってから、今日で十二日目。なのに、いまだに気配がしつこく残っている気がする。

だからだろうか。思わず「焦茶丸、お茶！」とか、言ってしまいそうになる。

そのたびに舌打ちした。

「あたしともあろう者が……」

断じて焦茶丸が恋しいのではない。焦茶丸がこしらえてくれた飯や甘酒が恋しいのだと、お百は自分に言い聞かせた。

「ふん。これじゃほんとに祟りだよ。せっかく口うるさいのがいなくなったって、ほっとしたってのに。おかげで、おちおち酒も楽しめないじゃないか」

機嫌が悪くなると、いっそう酒が進むお百のこと。除夜の鐘が鳴る頃には、かなり酔っ払ってしまっていた。

と、戸が忍びやかに叩かれた。

誰だと、お百の機嫌はさらに悪くなった。さすがに客ということはあるまい。化け物長屋の住人の誰かが、新年の挨拶に来たのだろうか。だが、今のお百は誰とも会いたくなかった。

「誰だい？　藤十郎かい？　それとも猿丸かい？　どっちでもいい。帰りな。めでたい新年なんだ。化け物同士が顔をくっつけあうこともないだろ？」

冷たく声を投げつけたが、外にいる者はあきらめず、しつこく戸を叩いてくる。

頭をぶち割ってくれると、空の徳利を持って、お百はついに戸口へ向かった。

だが、戸を開けたとたん、手から徳利が滑り落ちた。

「おまえ……」

「明けましておめでとうございます、お百さん」

そこに立っていたのは、焦茶丸だった。大きな風呂敷包みを背負い、いたずらっぽく笑っている。

お百は我が目を疑った。この愛嬌のある顔を、もう二度と見ることはあるまいと思っていたのに。

呆気にとられているお百に、焦茶丸は早口で「入れてください」と言った。

「ここまでの道中が寒くて寒くて。雪も降っていて、足先もしっぽも凍えそうでした。今夜中には戻ってこられないかと思いましたよ」

「……戻ってきたのかい?」

「はい。このとおり」

「……なんで戻ってきたのさ?」

「そりゃお百さんが主様の鱗を持っているからです」

しれっと、焦茶丸は答えた。

「壺から出てきたほうは、ちゃんと主様にお渡ししましたよ。おかげで、お神楽は見事なものになるはずです。おいらも、いっぱいお褒めの言葉をいただきました。主様からも、お山のもの達からも。で、思ったんです。あ、こりゃお百さんの鱗もきっちり取り戻して、主様に渡さなくちゃいけないなって。だから、はい、戻りました」

「…………」

「そんな変な顔しないでくださいよ。お百さんが千両貯めるまではそばを離れないって、前に言ったでしょ？　おいら、自分の言葉は守る質なんです。……またここに置いてくれますよね？」

お百はようやく我に返った。

戻ってきたのだ、焦茶丸は。

ゆるゆると口元がゆるんでいくのを止められなかった。

「……千両貯まるまでは、まだまだかかるよ？」

「覚悟は決めてます。貯まるまで付き合います。あ、でも、時々はお山に里帰りさせてもらいますから」

「ふん。ま、いいだろう。あんたの作る飯はなかなかだったしね。置いてやっても、そう損はないだろうから」

「そうこなくちゃ。あ、お山の蜜柑を持ってきたんです。食べますか？　おいしいですよ」

「そうだね。いただくよ」

「へへへ」

だが、部屋にあがるなり、焦茶丸の笑顔はかき消えた。

「な、な、なんですか、これ！　お、おいらがいなくなって、まだ十二日ですよ？　よくもまあ、こんなに散らかしたもんですね！　それに、この酒と料理は……いったい、どれだけ使ったんです！」

「気分良く正月を迎えるためさ。そのために必要な分しか使ってないよ」

「むきぃぃぃっ！　しょ、正月が明けたら、当分ごはんはお粥と梅干しだけですからね！　あと、お酒も当分禁止です！」

「なんであんたにそんなこと言われなきゃならないんだよ！　腹立つね！」

「腹が立つのはこっちのほうです！　どうしてそうだらしないんですか！」

新年早々、失せ物屋お百の部屋では怒号が飛びかいだした。

本書は書き下ろしです。

失せ物屋お百

廣嶋玲子

2020年　2月　5日　第1刷発行

発行者　千葉　均
発行所　株式会社ポプラ社
〒一〇二-八五一九　東京都千代田区麹町四-二-六
電　話　〇三-五八七七-八一〇九（営業）
　　　　〇三-五八七七-八一一二（編集）
ホームページ　www.poplar.co.jp
フォーマットデザイン　緒方修一
組版・校閲　株式会社鷗来堂
印刷・製本　中央精版印刷株式会社

N.D.C.913/234p/15cm
ISBN978-4-591-16608-6
落丁・乱丁本はお取り替えいたします。
小社宛にご連絡ください。
電話番号　〇一二〇-六六六-五五三
受付時間は、月～金曜日、9時～17時です（祝日・休日は除く）。

P8101396

ポプラ文庫好評既刊

ピエタ

大島真寿美

18世紀ヴェネツィア。『四季』の作曲家ヴィヴァルディは、孤児たちを養育するピエタ慈善院で〈合奏・合唱の娘たち〉を指導していた。ある日教え子エミーリアのもとに恩師の訃報が届く――史実を基に、女性たちの交流と絆を瑞々しく描いた傑作。2012年本屋大賞第3位。

ポプラ文庫好評既刊

あずかりやさん

大山淳子

「一日百円で、どんなものでも預かります」。東京の下町にある商店街のはじでひっそりと営業する「あずかりやさん」。店を訪れる客たちは、さまざまな事情を抱えて「あるもの」を預けようとするのだが……。「猫弁」シリーズで大人気の著者が紡ぐ、ほっこり温かな人情物語。

ポプラ文庫好評既刊

クローバー・レイン

大崎 梢

大手出版社に勤める彰彦は、落ち目の作家の素晴らしい原稿を手にして、本にしたいと願う。けれど会社では企画にGOサインが出ない。いくつものハードルを越え、彰彦は本を届けるために奔走する――。本にかかわる人たちのまっすぐな思いに胸が熱くなる物語。

解説／宮下奈都